Gaea

Gaea

揚子堂
お菓子の揚子堂
糕餅舖
光風——著

揚子堂糕餅舖

目錄

1

我常常想起與笑美子漫步於京都鴨川的日子。

第一次是剛到京都不久的楓紅燦爛之時，鴨川的水浮流著明朗的天色、柔軟的雲，微風將沿途紅葉喬木吹得半黃半橘，眼前景色令人內心飽滿且充滿溫柔。走在前頭的笑美子腳步輕盈，一個轉身，白襯衫上的粉櫻色領結隨風揚起，她微笑說：「這裡春天會開滿櫻花，景色漂亮到你沒辦法呼吸！那時候你一定要來看！」從她清亮的眼睛裡，我已經看見櫻花紛飛的京都。

後來，鴨川成為我們散步談心的地方，在和菓子店工作結束後、在笑美子傷心難過時、在任何想與對方並肩說話的時刻，我們都會來鴨川。鴨川的河水永遠都以澄澈姿態往遠方涓流，似乎提醒我們要誠實面對自己。

那幾個月，我太專注在笑美子的表情變化，直到那天她說：「安群君，對不起。」我才驚覺鴨川草木早已枯黃，荒涼得像櫻花已放棄在此綻放，而無盡的冬天就要來了。

在心還未完全碎裂前，我選擇立刻離開京都前往東京。想不到，因為笑美子而期望看見的櫻花，最終是盛開在繁華孤獨的東京。櫻花綻放在每一條街道、每一個轉角，彷彿永遠開不完，卻又在風經過的下一秒，落得如夢似幻，轉眼消散。

城市裡無所不在的粉色，使我不斷想起笑美子的領結，令人無法工作、無法出門、無法呼吸。

腦海只剩下一個念頭：「**我要去看不見櫻花的地方。**」

這就是我提早回到台灣的原因。打開家門，家裡擺設阿母還是維持原樣，甚至打掃得更爲整潔，而進入房間時，發現她正打算將我收藏的《海賊王》漫畫整套打包回收。爲了掩飾一臉被抓包的神情，她先是驚訝，後是質問我是不是能力太差、被趕回來？再來幾日她都用事情不單純的眼神看我，而每次我都只能假裝打噴嚏說：「沒辦法，我得了嚴重的花粉症。」

一切都回到了原點，充滿茫然的原點。

這種茫然感，從出生那天起就寄居在身體裡，如同天生的弱視，迷茫地看不清眼前道路。永遠記得，國小最苦惱的，就是寫「我的志願」。我總要拖到最後一天、最後一小時，才依照阿母的「建議」寫上：「做一個平安健康的好人。」阿母弄錯了，那是身爲父母最基本的期許，而不是人生志願。

我帶著這種混沌不明的態度，升上國中和高中，反正是升學制度，有多少實力就讀什麼學校，維持最低限度的努力，就這樣過了五年。到了高三，同儕每天都跟看不見的假想敵和怠惰的自己戰鬥，抱著對未來的不確定性睡覺，含著日子倒數的恐懼讀書，而我只是每天提一袋三明治加牛奶的早餐上學，放學偶爾去租幾本少年漫畫，躲在生硬書本後面偷渡別人的想像。最後考上普通大學的日文系，以彷彿在尋找、實際上卻不知道要找什麼的心情，做過非常多種類的工讀，自助餐結帳員、游泳池清潔工、系辦工讀生、日語補習班助教等。大學畢業決定去日本打工度假，像是流浪又像是自我放逐，然後，遇見了笑美子，被她那句「對不起，安群君」給深深擊倒。結束。

我的人生到目前爲止，沒有遇到重大抉擇或困難決定，於是也找不到必須努力的理由。反正生命的樣貌有千百種，這種不太努力的人生也是一種。不需要掙扎，該怎麼樣就怎麼樣。如同此刻的我，盤坐在房間不照光的角落，邊吃堅果，邊打開部落格，瀏覽數十則還未回覆的留言。

那些留言全部來自我大學創立的部落格「流浪者日誌」，當初的想法是，或許有人跟我一樣對未來充滿迷惘，而迷惘之人互相幫助是應該的。我將經歷過的十多種打工經驗分享上去，吸引不少格友留言詢問，像是：工作內容是什麼、可以很快賺到錢嗎、如果被老闆坑詐怎麼辦？在日本打工期間，留言更是倍數成長，包括：怎麼申請工作身分？面試要注意什麼？敬語到底要怎麼說才不失禮？櫻花妹喜歡台灣男生嗎？

人們的煩惱眞是非常非常多。同時，我也感到安心，原來不只是我，世界上還有千千萬萬人對人生充滿疑問，如此一想，便不覺得孤單。

近日的留言大多是詢問我是否還在繁春堂，去日本旅遊想順道找我。

「已經回台灣囉。」我將這句話複製貼上，一口氣回完所有類似留言。也有人問，最近都沒有更新，期待最新內容。

「謝謝，最近先休息。」我邊唸邊將字慢慢打好。

「小安，你在跟誰說話？」阿母捧著一籃晾乾衣物進來，順便取走桌上幾乎被我吃完的堅果罐。沒有啦，我喃喃。「你都回來多久了，整天待在房間裡。有沒有要找工作？」

「有。」爲了不讓自己無事可做，我也幫忙摺起衣服。我們之間沒有說話的那幾分鐘，我想起笑美子將店鋪暖簾洗乾淨掛回去時的表情，她笑說上面有太陽的味道。我嗅聞手上的衣服，味道是不是與京都的太陽一樣呢？

「你這孩子，只會說有，也沒開始找。我跟叔公說好了，明天開始你先去他那裡幫忙。」

我停下動作，「妳是說在餅街做餅，脾氣又臭又硬的叔公嗎？」

「他上星期才又趕跑一個學徒，也不想這個時代還有年輕人願意當學徒已經不容易了。不用擔心，看你是我兒子的分上，他應該會收斂些。你小時候不是最喜歡吃他的太陽餅？」

「這是兩回事吧，我學的是日文，怎麼會做餅？」

「你去日本不也是做什麼學什麼嘛。」

「但是，他可是『那個叔公』耶。」

若要認眞考究，應該要稱呼「那個叔公」爲「外叔公」，他是外公的弟弟，據說因爲不喜歡念書，十四歲就開始幫忙家裡的糕餅生意，當時外公每天騎腳踏車上學，他則是每天騎腳踏車至市區叫賣。後來外公成爲公務員，他則成爲糕餅師傅，接下家裡的糕餅舖。

外公在世總說：「你『那個叔公』就是對過去的事放不下，對自己又太嚴格，脾氣才變得這麼壞。」

一個人的脾氣可以壞到哪裡？如果一件事，你讓叔公講第二次，他就瀕臨抓狂，數十個新學徒都曾有第一天就被麵糰甩在身上的經驗，並被威脅如果沒做到要求就不准下班，就算是店裡資深師傅也曾因爲小事被罵到憤而出走，最高紀錄是整家店的師傅和學徒都走光了，只剩叔公一人。即使如此，他仍毫不在乎，一個人繼續沒日沒夜趕做糕餅，撐了整整十五天，直到累倒爲止。

小時候的我，透過大人們的談話總猜想，叔公心裡一定有一件讓他很生氣很生氣的事，才會到處找機會宣洩。我曾經問過阿母，究竟外公所說的「叔公過去的事」是什麼，她從來沒有正面回答，或許她也不知道，因爲叔公就像巨石般寡言，別人只能臆測卻始終無法觸及核心。

想不到數十年過去，他的怒火仍未退滅。

「我還是先找其他工作試試看，叔公那邊再慢一點吧？」

「你想要找什麼？」

我心裡沒有答案。

「小安就去吧。」她扔下最後一句話，紮實刺在我從小在意的地方：「反正你也不知道未來要做什麼。」

2

「未來」這個詞太過遙遠，遙遠到縱使我來到離台灣兩千多公里外的日本，仍無法觸及，只能且走且看。

日本打工度假計畫是這樣的：從大阪的夏季開始，秋天去京都、冬天跑北海道，最後一站是日本人的夢想之地東京。

依照計畫，我先在大阪路邊的章魚燒攤打工三個月，老闆小池與我年紀差不多大，染了一頭金髮的他，搭配大阪風格的爽朗笑容，就算站在鐵板前滿臉是汗，依舊維持金光閃閃的帥度。

他常對我說：「安群君，你這樣不行，年輕人應該要更有活力吧？」

於是我的職前訓練是一邊大喊：「歡迎光臨！」一邊向路人九十度鞠躬。故意似的，他總說再大聲一點、再大聲一點。那天晚上，我一共喊了三百七十五次歡迎光臨，鞠躬過度的腰部貼滿了痠痛貼布。

縱使如此，小池與其說是老闆，更像是高中時期的朋友，可以胡鬧歡笑，認真起來又能合作無間。與他一起度過的日子，就像日本電影裡的夏日慶典，一夜熱鬧卻記憶燦爛。

從夏日大阪來到秋季京都，空氣的味道截然不同，自有時光的緩慢寧靜。只在書上看過的藝妓身影從面前走過，令我忍不住跟上腳步，走入了祇園，感受花見小路通上那不同於大阪的石板路和日式老建築，綿延成令人忘記時間的巷弄，走完一條便想著再走一條，不知不覺來到京都最古老的寺院，清水寺。在那裡，我看見一棵鬱綠楓樹，唯有樹頂最高的那片楓葉先紅了一角，而那紅點被陽光照得特別耀眼。在這刹那，我確信自己眞的來到日本經典文學《源氏物語》的故事發生地。

懷著飽滿的感動，我隨意在巷弄間轉彎，命運似的，遠方轉角處一塊朱色暖簾隨風飄起。走近一看，那是一間傳統京町家，兩層樓房以木造爲主，深色屋瓦和疏密交錯的格柵窗，藏匿了時光的沉穩和樸素。上頭匾額寫著「繁春堂」三個金字，而幾乎占了門口三分之二的朱色暖簾，小字橫寫著創業於一八六〇年代的初始之年，正中央則印有白色店徽，圖案是以圓爲中心綻放的山茶花。不過以春字爲名的店舖，花紋怎麼會是冬季盛開的花呢？

因爲這塊暖簾，我在店外思考許久，意外發現一則徵人啓事，才知道繁春堂是間和菓子店。或許被獨自一人在異地生活的浪漫所沖昏頭，我故意忽略徵人啓事的「吹毛求疵」，打電話預約面試，接電話的婦人以京都女人特有的優雅語氣，請我隔天早上務必過來。

「請往這邊。」當天來到繁春堂一聽見這個聲音，我便知道她就是接電話的婦人。她身穿紫菀色和服，領我穿越店舖，來到更裡頭的房間，看似老闆的男人已經盤坐在榻榻米上等候。身材短小的他，一身紺青色工作服，頭髮泛白，表情嚴肅剛硬，閱讀履歷時眉毛皺得快要打架。

「台灣人？」他只問這麼一句。

「是，台灣人。」氣氛彆扭得讓我忍不住拉了一下西裝。

「不行。請回吧。」他馬上離席要走，婦人急忙出來圓場，她拉著男人至隔壁房間，兩人低聲又急促地交談，不久後只剩她走出來，一臉歉然。

「我知道了，謝謝。」我說。站起來時，雙腳因爲跪坐而痠麻不已，看起來更爲狼狽。既然來了一趟，希望至少能解決一樁心事，於是我厚著臉皮問：「請問，我可以請教一件事嗎？」她點點頭。

「繁春堂，店徽爲什麼是冬季之花『山茶花』呢？」

她面露驚訝，「您看得眞仔細。山茶花雖然是冬季代表花，但眾多品種中也有花期是春天的。我們第一代當家特別喜歡春季的山茶花，他認爲在冬春都能堅毅綻放的花，才是花中之花。」

沒料到是這樣充滿詩意的涵義，我深感觸動，卻無以回應。

我們安靜地走回店舖，發現有一組中國客人正忙著與店員比手畫腳，婦人低聲詢問怎麼了？這時又進來一對西方情侶，語言不通令店員更加無措。我向婦人道別，離開眼前的混亂。

大步走出繁春堂，外頭陽光燦爛，微風涼爽。這樣的秋日，是不是百年來都如此呢？我回頭凝視那朱色暖簾，凝視那象徵繁春堂靈魂的山茶花。我想像那山茶花，歷經數百次從含苞到綻放又再度含苞的循環，彷似永不凋謝的春季。

如此一想，我再次走進繁春堂，分別以精通的中文、熟練的日文、生疏但比店員好許多的英文與三方溝通，最後同店員一起九十度彎腰恭送兩組客人離開。那位身著紫菀色和服的婦人滿意之情全在臉上，溫柔地說：「明天也麻煩您了。」

我才知道，面試我的男人是繁春堂現任當家，今西榮老闆，而婦人則是老闆娘今西太太。因爲她，我才能進入連日本人都難以踏進的繁春堂。

3

回想當時即將於繁春堂上班的忐忑，今天去找叔公的心情也是同等緊張。我對於餅店的記憶還停留在小學時期，僅記得它位於台中火車站附近的餅街上。以前阿母會牽著我搭火車來，再走上一段路，經過那時最時髦的百貨公司，偶爾會順路至布店剪布，或是買一杯苦苦甜甜的青草茶給我喝。

這些記憶實在遙遠，讓騎車來到火車站前的我，剎那感覺時代迎面而來，卻只能呆愣在原地。熟悉的車站成爲了不再使用的舊站，左側空地則平空出現一座新站。啊，我想起來了，我曾經看過新站啓用典禮的新聞畫面，那還是笑美子先留意到的。

「安群君，這裡就是你的家鄉嗎？」她拿著手機，小小螢幕裡出現了這座百年前日本人在台中建造的車站。縱使畫面只有短短幾秒，我們都看見了那擠滿車站廣場、想要與之告別的人潮。當下的笑美子與我，彷彿站在歷史的分歧點、世代交替的縫隙中，一起參與了老站的結束與新站的開始。

好了，別想了。我將思緒重新抓回，沿路問了幾位路人，終於找到餅街。遠遠地，我一眼就認出叔公的餅店，被太陽曬得泛白的招牌仍大大寫著「揚子堂」。

叔公的太陽餅，還是如童年那般好吃嗎？

揚子堂的時光似乎凝滯了，店舖擺設還是老樣子。一進門的右側牆壁，懸掛一幅蘭花國畫，紫色花瓣看上去飛舞輕盈，墨綠細葉如流水寫意；左側是傳統L形玻璃櫃，裡面陳列各種糕餅禮盒，太陽餅、老婆餅、鳳梨酥、松子酥、蛋黃酥、綠豆椪什麼都有；部分禮盒也堆疊於後方開放櫃上，外盒設計離不開咖啡、紅、橘、黃這幾種顏色；而目光所及的最角落還有熱心公益獎狀，約莫七、八張。

「年輕人，試吃看看我們的太陽餅。」店裡阿姨遞來一小塊太陽餅，我嚼了幾口，外皮酥鬆，內餡甜軟，如記憶裡的味道，又不全然一樣。

「好吃厚？我們都是老師傅手工做的啦，看你要大盒還是小盒，小盒六片一百八十元，大盒十片三百元。」

「阿姨，我是要來找老闆的，我是林愛惠的兒子。」

「啊，你是他姪女的兒子喔？來，去二樓，他在做餅。」

穿越店鋪，我順著左側狹小樓梯上去，瞬間被濃郁餅香和機械運轉聲包圍，接著就看見幾位師傅忙進忙出，一下調整機械，一下將麵糰倒上工作檯。

多年未見，但我一眼就認出叔公，他站在最裡面的工作檯，低頭擀麵糰，灰白髮鬢被陽光照得發亮。

「你誰呀？」拿著一桶雞蛋的男人，矮小黝黑，一臉凶狠地問。

「我、我來找叔公。」

「你就是大哥的姪孫？裡面，別擋路。」

我讓喊叔公爲大哥的男人先過，才穿越多個白色原料桶、麵粉袋、工作檯，以及忙碌的師傅等重重障礙，來到叔公面前。他那隻少了小拇指的左手，讓我確信沒認錯人。

「叔、叔公，我是小安。」

他緩緩抬起頭，凝視良久，彷彿也在確認我是不是當年的小男孩，而後又低下頭繼續擀麵糰。他將擀開的小麵糰捲回去，切割成兩塊，一轉眼，已經整理好數十塊小麵糰。這時凶臉男捧著大鋼盆過來，裡面裝了黏稠的褐色餡，他將其分成數小塊，再包進麵糰裡。

「欸，去洗手，穿上衣服來幫忙。」兇臉男說。

我看叔公沒有任何表示，只好默默去尋找洗手台和工作服。

「嘿，那裡。」另一位師傅拍拍我的肩，比了個方向。我看見他的工作服上繡了一隻兔子。

著裝好後，兇臉男已經包完所有麵糰。

「少年欸，你動作太慢！來，擀開。」他將包餡麵糰輕壓，再擀成拳頭大小的圓形。這個動作看似簡單，擀麵棍被我握在手中卻無法平均力道，只能擀壓出像被車輾過的麵糰。

「你手殘呀，力道要一樣呀，不要浪費食材！再試一次！」兇臉男一邊將我做失敗的麵糰丟開，一邊熟練完美地擀成圓形，同時毫不留情數落我。還未搞清楚狀況，糕餅舖卻瞬間變成兵營，只能一個口令一個動作，直到我稍微抓到技巧，兇臉男的數落聲才逐漸變小。等回過神時，我擀的麵糰已經擺滿四個大烤盤，叔公早已不知去哪。

「好啦，你可以下去了，我們還要趕做別的餅，你害我們要來不及了。」兇臉男將烤盤放進烤箱，砰地一聲像逐客令。

我脫下工作服時，動作很緩慢，避免肩膀、腰、手臂的痠痛同時一湧而上。走到一樓，叔公正在休息室泡茶，與店裡阿姨有一搭沒一搭聊天。阿姨最先看見我，「哎呀，你怎麼滿頭大汗，做餅不簡單厚？來坐來坐。」她拉我坐下，笑笑地問，「黑臉有沒有修理你？」

「還好，比起日本師傅要我把鍋子重刷五遍，那不算什麼。」這是今西老闆第一天給的下馬威，那次刷了快三小時。

「不愧是愛惠的兒子，優秀捏。頭家，這家店以後交給他來接班，妥當啦。」阿姨拍拍我，弄得茶水濺出了幾滴。我手腳頓時忙亂起來，連忙看向叔公，他還是沒說話。

「哎呀，就像你阿爸傳給你，你也是要再傳下去，讓六十年老店變成百年老店。可惜，你沒子女，啊不過姪女的兒子也是有血緣關係，你看安群一表人才又體格不錯，安啦！」

就在我以爲叔公要發脾氣時，他才淡淡說：「別亂說。他什麼都不會。」

語氣中的威嚴讓阿姨轉過頭來，「不會啦，他會來就是做好心理準備了，對吧？」她趁機捏我一把。

「我只是『暫時』來幫忙啦。」我說得有些尷尬。

叔公眉頭緊鎖，像是不開心，又像是在煩惱。比起小時候，他似乎更加陰鬱了。記得當時他就算脾氣很差、笑容很少，工作忙完後表情都會比較放鬆，然後說：小安，來吃餅。

「吃看看。」彷彿他也想起以前的日子，將一塊太陽餅遞給我。

一撕開包裝袋，香味流洩出來，我咬了一口，認真感覺酥皮與麥芽餡的比例。但怎麼說呢？吃起來味道雖好，總覺得與小時候不同，似乎少了什麼，宛如日文「う」與「つ」的差別。

「嗯……滿好吃的……」我嘗試收起內心困惑、展露微笑，笑得連嘴角的餅屑都掉了下來。叔公並沒有相信我拙劣的演技，保持一貫的沉默。我快速將太陽餅吃完，以避免延續這個話題。

此時一對夫婦進來，阿姨趕緊前去招呼，用她春風般的笑容。

「你們這一排都賣太陽餅，我們從第一家吃到這裡，怎麼感覺味道都一樣？你們這家有什麼特別的嗎？」講話的是太太，她拿下墨鏡仔細研究糕餅。

「我們台中最有名的就是太陽餅，當然大家搶著做這門生意。您先吃一口，我告訴您差別在哪裡。」阿姨遞上太陽餅，「吃餅呀，也是很講究的。首先，聞聞看，是不是有濃郁的麥芽和奶油香？您再看，這餅呀酥得一碰就碎，表示師傅功夫厲害，層次做得又多又好，然後，吃下去，對，直接一口吃，酥是不是入口即化？更不用說這麥芽又軟又甜，但不黏牙，老人家和小孩都愛吃！您說差在哪裡，第一吃起來美味，第二我們用料實在，第三我們這店呀，已經六十歲囉，裡頭都是老師傅，功夫哪是普通店比得上的？」

阿姨說得句句到位，夫婦卻沒有動搖，最後打了八折才成交兩盒。臨走前還能聽見先生的低語：「她說了這麼多，我還是覺得吃起來沒啥差別呀。」

那句話叔公一定也聽見了，他爲我倒最後一杯茶時說：「現在的人不在乎好不好吃，也吃不出差異，就算我們揚子堂不做了，他們也能到隔壁買。」

「根本沒有人在意。」他又說了一次。

4

「和菓子」，日本菓子的總稱，爲了與西方引進的「洋菓子」作出區隔而命名。和菓子種類多元，舉凡羊羹、蕨餅、錦玉羹、饅頭都是，若再講究此則可以依據水分比例分爲生菓子、半生菓子和乾菓子等類別。

而進入繁春堂才知道，京都和菓子店概略分爲兩種，一種是販售大福、銅鑼燒、饅頭等日常光顧的店鋪，另一種以回禮或贈禮的高級和菓子爲主。京都人絕對不會弄錯這點，跑錯店鋪可買不到想要的菓子。

超過一百五十年歷史的繁春堂便是屬於後者，招牌產品爲隨著季節設計、講求精緻工藝的「上生菓子」，早期客人不外乎是京都當地名門貴族，或來自日本各地的上流階層，無論是自食或送禮都象徵日本文化的高雅極致。身爲第五代經營者，今西老闆承襲這樣的傳統，曾經多次婉拒上門客人，只因爲不認同對方的身世或職業。

據說他曾經如此說過：「只有各方面都是最上等的日本人才有資格品嚐，繁春堂的和菓子可不是有錢就買得到。」

擁有這種「奇特堅持」的百年老店，在京都來說並不少見，然而要經營得好並不容易。老顧客們漸漸離世的歲月變遷、崇尚西方甜點的飲食習慣、年輕人越來越不了解和菓子，都使繁春堂的經營遇到重重困難。

於是我在面試當天的表現，讓今西太太看見繁春堂轉變的契機，她認爲：「只要是喜歡繁春堂的客人，都應該用心款待。」

因此，我除了要代替車禍受傷的中村做打雜工作外，若有國外旅客光臨，就必須到店鋪幫忙招待。這就是今西老闆願意妥協錄用我的原因。

今西老闆絕對是我這輩子遇見最挑剔的人。他雖然破例讓我進門，對我的要求卻比他人嚴苛，還未踏進工作區，先是服裝儀容便過不了關。

「徐桑，客人看到您的衣服會怎麼想呢？」他雙手扠腰，以鷹眼般的眼神瞪向我。光是聽到他喊我「桑」，以「先生」來稱呼一位學徒，刻意挖苦似的，便令人驚覺大事不妙。我趕緊低頭看了看剛換上的純白工作服，乾淨得還未沾染任何灰塵，頓時不知怎麼回答，他便一臉不悅地掉頭離開。

這時今西太太來了，她身穿一襲朽葉色和服，帶著淺笑，直接幫我把帽子調左些、把微翻起來的領角撫平，又順了順褲襬。

「安群君，因爲你會接觸到店鋪客人，所以對你比較嚴格呢。加油喔。」

「是，我知道了。謝謝！」

收到今西太太笑容裡的鼓勵，我打起精神走進工作區，第一項任務是清洗師傅一大早使用過的不鏽鋼盆和銅鍋，尺寸大大小小，裡頭殘留各種淺色黏稠物體。從未接觸過和菓子的我，完全無法判斷是什麼材料。我埋頭苦洗，偶爾受到豆子的蒸煮香氣吸引才會停下休息，而刷洗聲一停，整個工作區都安靜了，只見其他三位師傅正專注製作手掌上的小小物體，彷彿要將它雕成藝術品那般專注。爲了打破這詭異的寧靜，我繼續刷洗器具，並謹慎地倒放晾乾、排列整齊。

「再洗一次。」今西老闆出聲的一瞬間，我險些失手將它們滑落在地。

「是！」我以自覺有朝氣的聲量回覆他。

「徐桑，你是跟我說話，不是跟所有人說話，不需要這麼大聲。」他皺起的眉毛似乎在說這是多麼一件失禮的事情。

「啊，是，不好意思。」被今西老闆一講，我才想起自己是在追求優雅的京都和菓子店，而不是喜歡豪邁回話的大阪章魚燒攤。

認分的，我將所有調理盆放進水槽，再全部仔細清潔一次。

沒想到今西老闆二次驗收時，他拿起其中一個，摸了摸，聞了聞，「豆子的氣味還在上面，再洗一次。」我努力嗅聞，並沒有任何味道呀。他見我表情困惑，喚年紀約三十出頭歲、名為高橋的師傅過來，高橋聞完以極冷的語氣回答：「有豆子的味道。」

被指責的羞愧加雜困惑，我把頭垂得更低。我不清楚這是今西老闆趕人的手段，還是我連清洗都達不到日本人的標準。在每一次刷洗裡，人生的畫面不斷格放，質疑至今毫無成就的自己，到底為什麼要橫跨海洋來京都刷鍋盆呢？

我想起小池，小池也說過相似的話。

「不要看我現在很開心的樣子，以前我啊，也會想啊，到底為什麼要賣章魚燒呢？每天就是切章魚、攪麵糊、洗鐵盤，煩都煩死了！」正當我想回說小池做的章魚燒很好吃時，他換上前所未有的正經表情：「可是，我也想知道自己能撐到什麼地步。你懂嗎？想要走到走不下去為止，想要看看走不下去的地方是什麼樣子。所以我還是每天做章魚燒，到現在感覺還可以繼續下去呢！」

我一邊想著小池，一邊將鍋盆刷了第三次、第四次、第五次，回過神才發現已經刷了三個小時。請今西老闆過來驗收，我的每一滴倔強汗水都反照著他眼神的驚訝，然而他的下一句話才是完美反擊：「這裡，一百多年來都是以這樣的心情在工作，要讓客人感受到我們的用心款待。你現在知道了。」

這一刻我才真正明白，自己進入了一間多麼偉大的店舖。這就是繁春堂呀。然而用心款待後，若沒受到顧客相等的喜愛，又該怎麼辦呢？

5

我開始了在揚子堂的生活。每天早上，叔公七點會到揚子堂，師傅們則是七點半報到，當我還未完全清醒，他們已經換好工作服，將睡意與雙手洗乾淨，從備料與攪拌麵粉開始。這是一個全然陌生的環境，沒人有時間帶我一一熟悉，只有美滿姨偷偷提點過：「店裡眞正的師傅只有兩位，一個是你叔公，一個就是黑臉，你只要認眞做事，他就不會爲難你。」

黑臉之所以叫「黑臉」，看他黝黑膚色就能理解，但我認爲其實也跟他的脾氣有關，別看他才一百六十公分的瘦小身材，罵起人來整間揚子堂都能聽見，聲音宏亮、中氣十足，眼神更是凶狠如狼。如果他叼根菸蹲在街角，路人肯定以爲他是流氓。

近幾年叔公身體不如以往，甚少大聲罵人，於是黑臉獨挑大梁，監督所有流程與進度。除了技藝足能獨當一面的正式師傅外，依據能力高低，揚子堂還有一位「二手」白兔，兩位「三手」阿原與帕克。

白兔，只是暱稱，因爲他的圍裙上有一隻老婆親手繡的兔子，不然以他高大體型應該叫白熊比較適合。白兔爲人非常客氣，簡直就是好人代表，一開始我都尊稱他師傅，他卻說叫白兔就好，他沒這麼偉大。

阿原，年紀跟我差不多，卻異常寡言，如果可以不說話，他會選擇一整天都不說話。帕克，雖然在揚子堂只是三手，卻做得一手好麵包，以前還是知名麵包店的師傅。

至於我，什麼都不會，成爲揚子堂地位最低的「學徒」，其實就是清掃兼打雜。早上第一件事，先看生產單，上面寫著當天要製作的產品與數量，我負責備好原物料。看似簡單，走進物料間如同探險尋寶，不到幾坪的物料間疊了近兩個人高的原物料，麵粉、糖、鹽、麥芽、奶油及各種口味餡料，光是麵粉就分好幾種，懷裡往往要抱滿數公斤才能走出物料間。

除了找出正確品項需要不少時間外，還要秤量斤兩，正當我屏住呼吸，輕輕將糖倒在時鐘秤上，差不多要足五斤三兩的時候，黑臉的聲音從背後大聲傳來：「等你倒完就下班了！動作快一點！差不多就好！」瞬間糖灑得滿桌都是，他拿走斤兩不對的糖盆，順便踢了我的小腿肚一腳。

白兔大手一揮，把桌上的糖都掃進垃圾桶裡，「別在意，趕快準備油皮。」

接下來，我和阿原分別將麵粉、水、油、糖倒進攪拌缸裡，他默默將攪拌機上的機械把手推到一。由於機台上從近到遠共有一到三可選擇，我忍不住問：「調到一是什麼意思？」

「轉速，數字大越快。」

「什麼時候要用到三？」我又問。

「你工作都做完了喔？廢話這麼多？」黑臉又突然冒出來，把我稍微推開，查看攪拌機的運轉狀況。

「安群，來幫我！」帕克正從另一台攪拌機裡取出麵糰。

我發現這台上頭的攪拌器長得不一樣，「這個像葉子，剛剛的卻是S形？」

「配件可以更換，那台攪拌油皮，要用『攪拌鉤』，這台攪拌油酥要用『攪拌扇』。」

「什麼是油皮和油酥？」我捧著麵糰，分不清楚差異。

「哇操，你以為這裡是學校呀？」黑臉用了比之前更重的力道，從我後腦拍下去，「問問問！我告訴你，要是中午前沒有把四百片太陽餅做出來，你就不要吃午餐！白兔和帕克，你們不要跟他說話！」

因此每當我完成一件事，想要偷偷跟白兔或帕克（甚至是阿原）講話時，黑臉就會指派下一個工作，讓我幾乎沒有喘息時間，連中午用餐還刻意把我和他們錯開。越是如此，我越是好奇。

下午我學乖了，我先將問題記在心裡，趁空檔，轉頭確認黑臉位置，再一口氣小聲地問。結果我發現，同一個問題，每個人答案都不一樣。

「欸欸，阿原，油皮和油酥差在哪裡？爲什麼用不同攪拌配件？兩個包起來的比例是多少？所有糕餅都要有油皮和油酥嗎？」

「製作材料。配合筋性。每種餅不一樣。有些要，有些不要。」阿原因爲省字，有講跟沒講一樣。

「油酥是用低筋麵粉和油做成，使用攪拌扇揉合會比較細緻；油皮還要加高筋麵粉、糖、水，用攪拌鉤才能產生筋性。油酥多的產品口感較酥，油皮多的產品能有較好的膨脹，兩者要互相搭配，結合起來就是酥油皮。糕餅的皮可分爲酥油皮和糕漿皮，比如說太陽餅和廣式月餅的差別。」白兔不愧是二手，懂得果然比較多。

但最令我驚訝的是帕克，他說：「你說太陽餅嗎？我們店裡一片大約六十公克，一次做二十片的話，油皮要用三百六十公克中筋麵粉、九十公克低筋麵粉、一百八十公克水、一百一十七公克豬油……」宛如在背九九乘法表，他一口氣講了一堆配方比例，讓我差點以爲做餅是一種科學。

「麵包是一種科學，糕餅當然也是科學呀。不過我剛剛講的只是揚子堂的配方，每家店都有自己的黃金比例。」他聳聳肩，繼續將油皮做大小切割。

「那你知道，你現在切割出的一塊油皮幾公克嗎？」

「絕對是四十八。」他將手上油皮放在電子秤上，完美的四十八點零公克。

我幫白兔拿冬瓜餡料的時候（大約是一小時後黑臉上廁所的空檔），白兔正在切割鳳梨酥的油皮。既然三手帕克都如此，二手白兔是不是更厲害呢？

「這個油皮幾公克重？」

他想了一下：「嗯，六十公克左右吧。」

我將油皮放上電子秤，秤出五十九點三公克，「好像不是耶……」

「電子秤只是參考，最重要的還是師傅手感。你現在很難體會，但做久了就知道鳳梨酥油皮大概這麼多，芋頭酥則是這樣。」他用食指和拇指圈出兩個不同大小，「差不多就好。」

「我們以前當學徒的時候，不能問問題，只能偷偷看、偷偷學，沒有師傅會跟你說這個幾克、那個幾克。知道嗎?」白兔臉上依舊保持微笑，但我也感受到這個話題不能再深入了。直到工作結束前，我都沒再問任何問題。

這一天，除了中午吃飯的三十分鐘坐著外，長達九個小時都是站著，秤原料、搬重物、檢查機器運作、清潔道具，導致全身痠痛，小腿肌肉更是僵硬到要抽筋。雖然身體疲憊，但我的思緒異常清晰且充滿困惑。

相較於白兔學習經驗中，傳統糕餅產業呈現的保守，繁春堂縱使有著嚴苛門檻，但只要入門，今西老闆倒是大方教授所有技巧，甚至定期舉辦師傅間可以互相觀摩的「月菓會」。

我第一次見到笑美子就是在月菓會上。

6

經歷了繁春堂第一天的震撼教育，有份從未有過的心情正在抽芽，在這裡工作不能只是認眞，而是要時時刻刻都擁有款待顧客的眞心。彷彿被今西老闆的一席話上緊了發條，後來我洗好的器具都不再被挑剔，也開始有餘裕協助其他師傅。

「欸欸，下午要辦月菓會耶！」說話的是與我年紀最相近、也最聊得來的加藤，他已經在繁春堂待滿三年，度過最難熬的打雜時期，開始學習難度較高的和菓子製作，別看他老是「是！是！是！」回應今西老闆，骨子裡還是屁孩個性，總愛抽空朝我扮鬼臉。

「什麼是月菓會？」我正在幫他清洗紅豆粒，要洗到水色完全清澈爲止。

「我們每位師傅要製作自己的季節菓子，互相評分，做得好就可以當店裡的時節商品。說到秋天，你會想到什麼？」

「楓葉吧。」我想起在清水寺看見的那片楓，也想起阿母期待秋天跟朋友們去奧萬大賞楓。

他點點頭，「果然會想到楓葉呢，但秋天還有栗子、地瓜、菊花、銀杏呀，節慶上也有重陽和十五夜，要做什麼樣的和菓子讓我煩惱很久呢。」

雖然在店鋪學習時，大概知道繁春堂每月都會推出新產品，還以為是行銷手法，沒想竟是講求季節感的關係。

「高橋，你這次要做什麼？」他將問題拋給另一個工作檯的高橋。

「那是下午的事，先把清水住持要的上生菓子做好吧，不要耽誤茶會。」高橋連頭都不抬就結束了對話。才三十多歲的他，卻給人十分老成的錯覺，講話精簡、也從來不笑，理得整整齊齊的小平頭似乎可以代表他的個性。聽說他是橫濱和菓子店的繼承人，透過特別關係才能來這裡學習，然而從今西老闆對他毫無保留的教導來看，他一定擁有連今西老闆都不願辜負的才能。

「是是是。下午就知道了。」加藤對我眨眨眼，似乎對自己即將亮相的和菓子很有自信。

下午陪今西老闆送和菓子到清水住持那，一回來就被喚到面試的那間和室，空間裡散發出的嚴謹，讓我只能粗略掃過所有人一眼，便趕緊收攏手腳，以盡可能標準的跪姿坐好。高橋、加藤和偶爾才會來幫忙的吉田已經正坐成一排，矮桌對面是今西太太和四十年老師傅大野，再遠一些的角落，還有位身穿粉色針織衫的女孩子，大約是高中生年紀，宛如一株初次綻放的櫻花樹，表情同時帶有柔嫩與堅毅。

「我們要決定神無月的和菓子，豐收的秋天，你們會怎麼表現？吉田，你先來吧。」

今西老闆如此一說，吉田依序將盛有和菓子的紅色長形漆盤遞上，上頭是一團有著小籠包般皺褶的黃褐色甜點，附上一張以毛筆寫下的「菓銘」，也就是和菓子的名字，「栗茶巾」。

第一次品嚐和菓子，不知道該怎麼動作的我，只好先觀察其他人。他們先是將和菓子以不同角度觀看，才拿起旁邊的木籤切下一小塊，細細品味。我趕緊照做，那一口和菓子在嘴裡化開，散發出濃郁溫和的栗子氣味，果然有豐收之秋的氣息。

「栗茶巾看似簡單其實也不簡單，吉田你這次味道做得很有層次，外型也很漂亮。」受到大野師傅的稱讚，吉田很慎重地敬了禮，接著換加藤表現。

加藤端出亮黑漆皿，上頭和菓子如同菓銘寫的，竟然是一顆「松果」！深棕色主體上依序展開交錯的果鱗，部分尖端點綴著焦黑痕跡，切開後，裡面包裹的是綿密紅豆沙。我想，就算把它放在草地上，松鼠大概也會分不清地帶回樹洞裡吧。

「這顆松果剪得眞好看，你一定下了很多功夫吧？」大野師傅說。

「松鼠挑選的松果都是最漂亮的，我把牠們藏的松果都找了出來，按照那些松果才能做出這款和菓子。」加藤開心起來就愛胡說，也因爲他將今西太太逗笑了，月菓會的氣氛才稍微鬆緩下來。

最後是高橋，花瓣狀的暖灰色陶盤上，有顆絨毛球形的和菓子，絨毛以橙黃兩色爲基底，點綴幾簇深紅，宛如是從高空俯瞰的秋日山頭楓紅正盛，給人風一吹便會輕盈搖晃的錯覺。高橋的菓銘紙還特別選用楓葉圖案的，上頭秀氣寫著「錦繡」。

「啊，眞是出色的金團，菓銘取得很有詩意，果然鮮艷如畫，吃起來也符合楓葉的輕巧感，非常爽口。」不只是大野師傅感到滿意，嚴格的今西老闆、不服輸的加藤都默默不語，就算是對和菓子相關名詞都聽不懂的我，也能感受出它的水準。

「謝謝。」高橋淡淡地說，完全看不出內心是否鬆了口氣或感到開心。

「那麼下個月的和菓子……」

「不好意思。」打斷今西老闆說話的是那位女孩子，「我也可以讓大家嚐嚐我做的和菓子嗎？」

「不行，妳還不是師傅。」今西老闆的聲音像落雷，聽見的人都不敢動作。

「拜託您了，請讓我試試看，我想得到大家的建議！」她低下頭，將額頭緊緊貼著榻榻米。「拜託！」

最後是大野師傅先打破沉默，「笑美子，當然沒問題，大家都很期待呢。」

她抬起頭，望向今西老闆，見他沒有再次反對，才以緊張而發抖的手端上作品。

不同於加藤他們所挑選的精緻盤子，她以毫無裝飾、四方硬實的柚木板，襯托了和菓子的華麗，那個瞬間，連我都覺得秋光燦爛，心被深深打動了。那是一片楓葉造型的和菓子，顏色完美複製了我在清水寺所凝望的那片，從葉柄到葉尖，由翠綠、澄黃、蜜橘到邃紅，在掌心大小之間，跨越了夏天與秋天。

「菓銘『秋風』，楓葉被秋天的風拂過而瞬間變色，我想表達那個剎那，也希望顧客在享用時，不只期待楓紅，也懷念青楓。我是這麼想的。」笑美子說話很輕很柔，彷彿在唸詩。伴著她的聲音，我將木板輕輕捧起，以不同角度反覆觀看庭院光線落在和菓子上的陰影。

「徐桑，你看得這麼仔細，有什麼想法？」今西老闆一喊，所有目光投射而來，包括笑美子的。

有些尷尬地，我放下木板，說：「和菓子眞的是藝術品呢。」

笑美子原本糾結的表情慢慢鬆緩開來，眼睛和嘴唇都彎起淺笑，京都似乎在那一秒進入了櫻花綻放的春季。

7

腦袋混沌。混沌之中，除了對於糕餅的種種困惑，揚子堂也如同一把鑰匙，間接開啓了繁春堂的記憶，那些因爲笑美子而被我刻意封印的記憶。或許因爲都是傳統糕點產業，揚子堂與繁春堂有許多相似之處，長條型的工作檯、大大小小的不鏽鋼盆、各種麵粉與餡料、時不時瀰漫空間的香甜氣味，讓我偶爾在攪拌麵粉的過程中，不小心攪拌進思緒，而回過神的一瞬，竟忘記自己是身在台灣還是日本，彷彿另一個平行時空的我還在繁春堂低頭攪拌豆沙。

「一大早就在偷懶喔？」這樣心不在焉的狀態連續好幾天，我躲在物料間發呆正好被白兔撞見。「我看你好幾天都這樣。該不會還在想幾公克的吧？」在圓形鏡框後面，他的眉頭堆疊出許多皺褶。

「也不是啦，但有很多東西想不通。爲什麼酥皮是這樣做？爲什麼每個人講的方法都不一樣？我甚至連爲什麼太陽餅要叫太陽餅都不知道。」我抓了抓頭，感覺問題有如頭髮那麼多。

「太陽餅為什麼叫太陽餅，對你來說很重要嗎？」

他口氣十分驚訝，弄得我莫名尷尬，只好將繁春堂的經驗解釋給他聽，每一款上生菓子是如何依據季節被命名，菓銘也是品嚐和菓子的一部分，特別是笑美子意境優美的「秋風」。

「楓葉的楓？」

「是微風的風。」

「但她不是做楓葉形狀的嗎？」

「這就是這款菓銘最厲害的地方呀，她要表達楓葉是因為秋天的風吹過才變色的。」

他沉思了幾秒，「如果你知道太陽餅的由來，心情會好一點嗎？」我趕緊點頭。

「我聽過很多版本，什麼天狗吃太陽、嫁女兒的，或是跟日本人有關係，我是不太信啦，其實太陽餅就是形狀圓圓的，中間蓋紅色店印，長得像太陽那麼簡單而已吧。鳳梨酥早期雖然是冬瓜餡，也會加一點鳳梨，唸作鳳梨的台語『旺來』比較喜氣。啊綠豆椪就是烤完一面會『椪』起來，你聽得懂吧，台語凸出來的意思。」

接著他話鋒一轉：「台灣人很簡單，不會去想太多複雜的道理，好好過日子才是最重要的。如果哪一天，你像我，有老婆女兒要養，明天就要繳房租學費，我根本沒時間去想太陽餅爲什麼叫太陽餅，只會趕快做出更多太陽餅來賣。」

他凝視我的眼神變得銳利，彷彿身體被另一人佔領。我張口想說些什麼，讓原本是好人代表的白兔回來，卻搜尋不到半個字彙。

他隨即笑了笑，恢復往常老好人的表情，拍拍我的肩說：「安群，你想太多了。」他離開了，留我繼續思考越來越濃的迷霧。

「欸！不要偷懶！」黑臉出現了，「糖先搬三斤過去，然後……你自己看好了，動作快一點！」他不等我反應，就將原料單塞進我手裡，上頭筆跡像帶著鋼盔的楷書士兵，手腳併攏站得整齊。嘴上老是掛著三字經的黑臉，竟能寫出這麼端正的字，令人無法相信。

我忍不住脫口而出：「師傅，你的字眞好看！」

原本離開的他，聽完特別走回來，舉起沾滿麵粉的手朝我的頭巴下去，頓時白粉飛揚，「你故意調侃我喔？這個字一看也知道不是我寫的！是你叔公啦！看看看，趕快材料搬一搬！」他早練就雷聲大雨點小的巴頭方式，雖然被巴也不太會痛，頂多沾了些麵粉，倒是他說筆跡是叔公的，產生的衝擊才眞正大。

有人說，字如其人，可以看出書寫者的個性。在我想像裡，隨意撇撇、偶爾幾筆飛起來的凌亂字跡，才符合叔公乖戾易怒的個性，更不用說，叔公十四歲就進糕餅舖工作，國中沒有畢業，大字不識幾個，他如何寫得一手好字？

下午休息時間，趁一樓休息室沒人，我才將口袋裡的原料單拿出來端詳。那字跡，一筆一畫，堅毅得可以當硬筆字練習帖。相較起來，我的字與小學生沒兩樣，總是又圓又翹，天生散漫。

「你叔公的字漂亮吧？」說話的是美滿姨，原本她走進來是要將太陽餅切成試吃大小，只要四刀，就能擁有完美均衡的扇形，每一口都是八分之一。但她卻拉開椅子在我對面坐下，用八卦語氣說起來：「安群我告訴你，你叔公是為了一位女孩子才認眞去學寫字的！他那時候連『烏』和『鳥』都分不清，更不用說寫字啦！」

「我也是聽人家說的，女孩子是大戶出生，怎麼可能瞧得上賣餅的，你叔公不甘心，白天賣完餅，晚上就翻別人不要的舊報紙學寫字，沒錢買筆買紙就寫在沙地上，比上學還認眞咧！」

「結果咧？」

「結果咧？你覺得咧？當然沒有結果呀！她們一家去了台北就沒有再回來過！有些人一輩子也沒辦法高攀，你叔公就是想不通，才到現在還沒娶。了然啦。」突然有陣從樓上落下的腳步聲，嚇得美滿姨頻頻回頭，「欸欸，不說了，別說是我說的。」她回到前店，我低頭假裝滑手機，沒多久叔公便進來了。

「聽他們說，你常常問問題。」愣了一會，才發現叔公是在跟我講話，一方面慶幸他沒有聽見美滿姨說的話，另一方面卻認命接受即將到來的斥責。殊不知他說：「這個行業就是這樣，沒有時間問太多問題。我以前當學徒，都是用眼睛學，不用嘴巴問，一分心很容易受傷。」他舉起少了小拇指的左手，「這是攪拌機攪的，差一點整隻手就沒了。」

「以後有問題來問我。」話說完他便走了出去，如武俠小說裡大俠離場。

小時候，我一直很害怕叔公，不只因爲他總是大聲罵人，更因爲他左手少了一隻指頭，怪異程度簡直與他的脾氣旗鼓相當。那樣的缺陷與特異，彷彿在告訴他人：「啊，這個人的命運充滿不幸喔。」

雖說如此，他從來沒有罵過我。我小時候頑皮，曾經在廚房打翻一盤剛出爐的太陽餅，他爲了護住我，用手臂擋住鐵盤，我沒事，他的手臂卻嚴重燙傷。被送到急診室的他只說：「小安，以後不要靠近烤箱。」

這也是一種溫柔吧。

後來我將叔公的話聽進去，只默默做事，不再纏著其他人問問題。也是這一天，我覺得自己比以前更了解叔公。他跟我一樣，都喜歡上不能喜歡的人，都是在愛情裡因無望受傷的人。

8

氣溫轉涼的京都，樹林卻像要慢慢燒起來似的，從尖端燃起一些楓紅，而在月某會結束沒多久，無論是高橋的「錦繡」、加藤的「松果」或吉田的「栗茶巾」，都出現在店鋪玻璃櫃裡，等待顧客帶回這季味覺。唯獨笑美子的「秋風」並不在裡面。據說，那代表今西老闆還沒有認同自己唯一的女兒笑美子。

笑美子後來常常出現在店裡，高中下課才三點多，制服還沒來得及換下，她便已經圍上圍裙練習和菓子，一直到我七點下班離開時，她都還在那裡。縱使在同一個工作區，這幾天來我們沒有說到半句話，不是她周圍有股專注到令人不敢打擾的氣場，就是我還在埋頭清洗用具、整理環境。甚至就連臉皮厚的加藤似乎也不太敢與她攀談。倒是如果大野師傅不在的話，有問題她都是直接詢問高橋，兩三句就結束了對話。氣氛嚴肅，彷彿是在大瀑布下的修行之人。

加藤偷偷跟我說，這對女高中生來說很不容易呀，通常下課後，高中生不是玩社團就是去補習，像笑美子直接回家的少之又少，有時候還容易因此受到排擠。而得知台灣高中生五點下課，又要補習到晚上九點，加藤直說：「好變態呀。」

一個星期六午後，繁春堂外頭陽光燦爛卻不炙熱，爽朗秋風將東山一帶的風景都吹拂得清澈可見。我提早下班，沿著下坡街道行走，看見一整行日式矮房往遠方延伸。兩旁民宅庭院的樹木則往天際伸展，偶爾還有攀藤小花，那是連路人都可以親近欣賞的庭園景致。

我在一串從未見過的紅色果實前停下，正拿手機拍照時，後頭傳來聲音：「那是南天竹。你如果迷路的話，只要找到南天竹，就能知道東北方。」說話的是笑美子，「因爲傳說鬼門在東北方，在東北方種植南天竹可以避邪。」

「大小姐？」我聽師傅們都是如此稱呼她，「妳怎麼在這裡？今天不是假日嗎？」

她一身制服，灰色背心白襯衫，搭配深灰百褶短裙，唯一與平日不同的是領結顏色，從深紅色變成粉櫻色。這小小改變，讓笑美子的形象柔和許多。

「喔這個呀。」她笑了笑，低頭審視制服，「日本高中女生都是這樣，假日也喜歡穿制服，很方便又很好看。台灣不是嗎？」

「台灣女生最討厭制服了，她們覺得制服好醜。」

她一臉原來如此的表情，接著問：「徐桑要去哪裡呢？」一聽說我住的方向，興奮建議應該去鴨川看看，表情就像吵著要去糖果店的小孩。

我接受她的提議，她也自願當嚮導，一起散步過去。一路上我們話題沒有停過，她對台灣非常有興趣，無論是亮燈一整晚的夜市，想去哪都能騎機車的方便，每走幾步就有的手搖飲料店，或是可以邊走邊吃的豪邁，都讓她覺得不可思議，直呼：「好自由的地方呀。」

當然我們也聊和菓子，她說月菓會那天我看起來就像機器人，肢體僵硬，神情緊張。

「吃和菓子最注重五感了。」

「五感？」

「視覺、聽覺、嗅覺、味覺、觸覺。」她用雙手凌空示範，彷彿在吃空氣菓子，「拿到上生菓子時，我們會先看一看、聞一聞，從菓銘體會它的意義，然後拿起黑文字，也就是竹籤或木籤，切一小口，配著抹茶或濃茶，感受它的味道和柔軟。千萬不能把一顆菓子切得亂亂的喔。」

「這麼嚴格呀。」

「畢竟是上生菓子嘛，自古以來都是用來款待貴賓的，賓客在品嚐的時候也要表達感謝之情。」想到什麼似的，她突然提高音量：「徐桑，你知道和菓子最一開始其實是從很久很久以前的中國唐朝傳來的嗎？」

「唐朝？」

「唐朝不是有遣唐使嗎？他們將唐菓子與砂糖帶回日本，那時候的唐菓子比較像是炸的點心。再來是宋朝，日本僧侶在那裡學會羊羹和饅頭，然後十六、十七世紀葡萄牙人則帶來南蠻菓子。和菓子就是在這樣的千年之流，吸收東西方特色而誕生的。」

我想像遣唐使將唐菓子裝進漆盒裡的謹慎，想像日本僧侶研究出「無肉」羊羹的滿意，也想像紅髮葡萄牙人留下長崎蛋糕食譜的自信。這是沒有記載於歷史課本的切面。

「台灣是不是也有古老中國流傳下來的菓子呢？」

我喃喃著，有吧，舉出月餅、綠豆糕的例子。她又問，那台灣傳統菓子有什麼呢？努力回想，只勉強又說出太陽餅和鳳梨酥。相較我對於傳統糕餅知識的缺乏，還是高中生的笑美子則顯得專業許多。

「大小姐，妳很喜歡和菓子吧？」

她沒有馬上回答，表情有些困擾又有些迷惑，好像要很用力才能找到想說的話語：

「和菓子，從我出生開始，就是每天都會接觸的。說是喜歡嘛，就也不討厭，畢竟是已經很熟悉的東西。既然出生在和菓子世家，我想，學習和菓子大概是必須的吧。」

還以爲這個問題會開啓更多「和菓子經」，沒想到身穿制服的笑美子，也有世故一面。如果探究得更深一點，是不是也有無奈、悲傷的成分呢？

「鴨川到了！」下一秒，鴨川的水光閃爍進笑美子眼睛裡，她又變回無憂無慮的高中生，「鴨川是我最喜歡的地方！」

平緩的鴨川將京都一分爲二，爲古都景色保留柔軟與開闊，河水浮流著明朗天色和雲朵，往盡頭群山前進，靜謐流淌如千年歲月。楓紅絢爛的河堤下，有草地、有步道，三兩人們或坐或走，全都融進這片溫柔的風景裡。

「這裡春天會開滿櫻花，景色漂亮到你沒辦法呼吸！那時候你一定要來看！」笑美子說這句話的同時，鴨川的風將她的長髮吹展開來，粉櫻色領結也輕盈晃動。從她清亮的眼神裡，似乎已經能看見櫻花紛飛的京都。

因爲這句話，我調整打工計畫，決定冬天不前往北海道，要繼續留在京都，等待笑美子說的櫻花盛開。

9

已經慢慢習慣揚子堂的生活，七點半上班，向叔公打招呼，接受黑臉沒有理由的碎唸，與阿原一起準備原物料，中午吃飯休息三十分鐘和帕克、美滿姨聊天，下午協助白兔做糕餅，六點下班。接近十個小時的工作時間裡，偶爾也能到一樓喝喝茶，或是像現在做點除了製餅以外的雜事，摺紙盒。

揚子堂販售的糕餅算來近十種，光是太陽餅禮盒就分為六入、十二入、二十入，還有與其他糕餅混搭的綜合款，更不用說外型小而圓的蛋黃酥、小月餅等，那又是另外一種扁平禮盒。

負責銷售與會計的美滿姨，也負責盤點禮盒數量，如果快用完就會請我們幫她先摺好。那一疊疊未成形的禮盒紙板，就堆放在一樓休息室的後方倉庫，直挺得絲毫不肯放過任何派上用場的機會。

摺紙盒也是有技巧的，特別是攤開的紙盒絕對不是平整長方形，而是有許多不曾發現的弧形與凹角，縱使上方已有隱約軋線，我仍然不知從何下手。

「壓，轉，摺，扣，疊。」阿原自己發明一套口訣，紙盒在他手上就像魔術方塊，在俐落快速的手勢下，幾秒鐘就成形。據說目前沒有人可以超越他的速度。

「其實沒這麼難，只要將步驟記住，多摺幾次就上手啦。」帕克比較像地球人，用我聽得懂的話語示範每一個步驟。

一旁的美滿姨反常似地不斷嘆氣，跟我們說這個星期少了多少客人、少做多少錢、原料價格又漲、快要賠錢啦，我才知道揚子堂的狀況有多不樂觀。每天我只覺得自己做了很多很多的餅，完全沒有餘力關心銷售狀況。

「唉呦，你從做多少餅就知道啦，老闆把每天的產量都減少了四分之一捏！要是在從前喔，哪有時間讓師傅們在這裡摺紙盒呀，就算忙到晚上九點也忙不完。」她邊喝茶邊搧風，試圖將台灣六月暑氣和內心怒氣一起搧去。

「爲什麼會這樣？」

她馬上翻了白眼，「厚，這理由很多啦，帕克，說給他聽。」

「嗯，我認爲有三個原因，」總是很有條理的帕克，對我伸出三根指頭，口氣就像報告論文的研究生：「第一，糕餅不像以前接受度那麼高；第二，西方甜點越來越流行；第三，現代飲食喜歡少油少糖。」

「那是你們現在年輕人不懂啦！」下樓休息的黑臉，立馬在樓梯口用毛巾往帕克身上甩，「上次你跟我說女孩子喜歡吃馬什麼龍的？」

「馬卡龍。」

「對，那個台灣也有呀，『小西點』安群你有沒有吃過，兩個圓圓的夾一點奶油，還可以做成草莓口味的，比馬可龍好吃一百倍！」

「是馬卡龍。」阿原說話了。可能阿原個性本來就不好捉摸，黑臉通常不會對他太凶，只是朝他瞪一眼，嘴裡喃喃著，我沒說是馬如龍就不錯了。

美滿姨推推我，「安群，你現在就要開始想了，想想我們這個揚子堂該怎麼辦。」她見我一臉狐疑，繼續說：「你不是要把店接下來？現在遇到的問題你以後也會遇到，你是這個世代的年輕人，一定能想出辦法，不能再靠叔公、黑臉那些老人啦。」

第一次聽到這件事的帕克和阿原都停下動作看向我，我還來不及否認，黑臉則大笑：「他才幾根毛？有辦法接下來？笑死人！就像大哥常常說『這世上沒有一件事是簡單的』，開餅店也沒這麼簡單。痴人說夢話喔。」

美滿姨因為他說的這席話，大聲反嗆回去，一人一句誰也不讓誰，在那刀光劍影的鬥嘴裡，我們三個年輕人完全不敢吭聲。

我能幫上什麼忙呢？除了付出年輕體力，我還能爲揚子堂、爲叔公做什麼？擀餅皮時、切割時、進烤箱時、打掃廚房時，我都在想這個問題，導致白兔一臉不知道我又怎麼了的無奈表情。相較於美滿姨對我這個新生代充滿期待，我更相信那句黑臉說的，叔公的口頭禪：「這世上沒有一件事是簡單的。」

就算只是一塊餅。

電話聲打斷我的思緒，美滿姨正忙著走不開，我便幫忙將電話接起。電話那頭的年輕女聲像早晨初開的桂花，清新婉約。她表示自己是甜點雜誌記者，這期要製作伴手禮特輯，想詢問揚子堂能不能接受採訪。她口中的那本雜誌，名氣之大連我都知道，常常擺放在人氣咖啡廳的書櫃上，無論是年輕女生、貴婦或文青都喜歡翻來看。這個瞬間，我幾乎相信是神明聽見我的煩惱，現階段還有什麼比知名雜誌專訪更能有效提升銷售量的方法嗎？

我按保留通話請她稍等，馬上對著休息室的叔公大喊：「叔公，有記者想要採訪我們！」

「我不接受採訪。」他連走過來接電話的意願也沒有。

「爲什麼？他們是很有名的雜誌，如果接受採訪，揚子堂一定會紅！」

「看的人又不一定會來買，沒用啦。」他停頓了一下，「而且會來的，就是會來。我們專心做餅就好。」

我很想相信叔公說的。相信顧客會知道，爲了這一塊餅，叔公少了一根手指頭，黑臉每天都繃緊神經罵人以免耽誤製程，高大的白兔成日彎腰擀餅皮而有腰痛毛病，阿原手臂上的燙傷結痂越來越多，帕克永遠都在精算比例和數字，美滿姨一天要喝四大瓶水才能舒緩盛情推銷的喉嚨痛。一個日子接著一個日子，他們流汗、受傷、肌肉疼痛，監控時間和溫度，就爲了這一塊餅。

我很想相信顧客會知道這些苦心，但這是不可能的。

「叔公，我們在這裡用心做餅，如果沒有報導，根本不會有人知道。」我的口氣不自覺多了慎重，「那本雜誌是全國性的，專門擺在漂亮咖啡廳裡，很多人都會看到，只要他們認識揚子堂，我們就有機會。」

叔公與我對看幾秒，淡淡問了：「台北那邊也看得到？」

我點點頭，「不只是台北，高雄、宜蘭、台東都看得到。」

他思考很久，表情像在思索糕餅配方，萬萬沒想到他最後拋出這樣的折衷方案，

「我不想接受採訪，不然你來，那天讓你回答。」

這個瞬間放大了我所有感官，電風扇在天花板像攪拌空氣般緩慢旋轉，二樓隱約傳來烤箱定時的登登聲，從額頭流下的汗水沾有餅的甜味……

揚子堂就這樣度過了無人知曉的六十年時光。無人知曉是多麼寂寞呀？

「好，我們接受採訪。」我對著等候多時的電話說，緊張得彷彿不是自己的聲音。掛上電話那刻，心臟才跳得慌亂，而叔公臉上出現事不關己的笑意。

10

「徐桑，你想不想試著做上生菓子？」

笑美子壓低聲音講這句話的時候，繁春堂的日曆剛好翻到有斗大「霜降」二字這頁，是樹梢都會結霜的時節。工作室只剩我和她，我忙著整理器具，她依舊是穿著制服在練習和菓子。

我搖搖頭，也壓低聲音回她：「會被今西老闆罵的。」在受到今西老闆認可前，學徒只能清理器具、打掃環境、準備物料，偶爾幫忙看顧爐火和攪拌餡料，但絕不能參與上生菓子的製作。

她朝門口望了望，招手示意我過去，工作檯上擺滿了數顆「松果」，彷彿是機器大量生產，每顆大小形狀都一模一樣。我很驚訝，笑美子的松果看起來很輕盈，似乎會清脆作響，歡喜迎接秋天來臨；加藤製作的，掉下來可能會發出沉悶咚聲，代表豐厚秋季。兩個人製作的都是松果，卻呈現了相反意境。

「和加藤的不一樣對吧？」她讀出我表情的吃驚，「上生菓子就是這麼特別，就算是同一個主題、同一種工法，每個人做起來還是不一樣。」

她將茶色外皮搓圓、稍加壓平，安放在手掌上才把豆沙餡包進去，邊旋轉邊收口，最後再於手掌接連處來回滾動整形，做出水滴狀。

她用眼神示意我試試看，遞來一團茶色外皮和紅豆沙餡，接近拇指與食指圈起來的大小，摸起來的觸感相當鬆軟，只要稍微用力就會留下手指印痕。我照著方才的示範，看似簡單的步驟，做出來的水滴狀卻歪歪扭扭，只有一面是漂亮的。

她將它們放在倒扣的平底小碗上，水珠尖端朝上，然後拿起用來剪出造型的細工鋏，從最底層開始，一圈一圈錯開地剪出果鱗。我很認真算過，她在五公分高的菓子上總共剪了八層！最後用噴槍微烤表面，燒出一些烤焦黑點，看起來更加擬真。

換我的時候，我再怎麼小心謹慎、避免發抖，手還是無法在這小小物體上穩定施力，不但果鱗被剪得深淺不一，還直接剪斷了一片，整體算起來只有四層，而使用噴槍時更把頂端烤焦，讓這顆松果的命運宛如雷擊般悲慘。先前看加藤輕輕鬆鬆的，每兩分鐘就能做出一顆上生菓子，現在才明白那有多麼不容易，他在背後一定下了很多功夫，才能達到那種境界。

笑美子原本要說些鼓勵的話，但還沒來得及就先笑了出來，她趕緊摀住嘴巴盡量不發出聲音，我卻能從她彎彎的眉眼和抖動的肩膀讀出笑聲，也忍不住笑了起來。一不小心碰倒鍋盆，發出巨雷聲響。

「怎麼了？」高橋聽見聲音進來。

「我不小心碰掉鍋盆，徐桑正在幫我撿。徐桑，眞是不好意思。」笑美子用極度客氣的口氣，對著跪在地上撿拾鍋盆的我說。

「不用放在心上。」我配合地說。剛剛做失敗的松果，不知道什麼時候已被笑美子握在手裡，藏在高橋看不見的背後。高橋不動聲色的眉毛似乎透著懷疑，待了幾秒才離開。

笑美子這才蹲下幫忙收拾散亂的鍋盆，「抱歉吶，徐桑第一次做的上生菓子被我捏壞了。都是我不好，我不應該笑的。」她攤開手掌，菓子無論從任何角度來看都不像松果了。

「沒關係的，大小姐，反正我也沒有天分。」縱使這樣說，她仍表情沮喪，彷彿剛被大人罵過的孩子。「不然，送我一顆大小姐做的松果，我們就扯平了。」

她眼睛亮亮地說好，拿給我前又反悔似地收回：「從現在開始，我們是共犯了，你不可以再叫我大小姐。」

「可是店裡大家都這樣稱呼妳。」

「你跟他們不一樣，你又不是日本人。如果我們是在台灣，你會怎麼稱呼我？」

「笑美子。」在台灣如果雙方已經有一點交情，或是想表達親切之意，通常都會直呼名字，然而這個瞬間，她的臉頰卻微微泛紅，我才想起在日本只喚名字的話，那可是要非常親近才行呀。

「啊，我沒有要冒犯大小姐的意思，我……」

「那我也不要叫你徐桑了，叫你安群君，好嗎？」她故作不在意，努力壓下臉頰不斷浮出的緋紅，那顏色惹得我心不在焉，只能點點頭，心臟狂跳不已。

「安群君，以後請多多指教。」她微微一笑。

與她舒緩的笑容相反，我從腳底到髮梢似乎都變成了松果，緊張地將全身果鱗緊緊閉起，那聲安群君更是讓心臟跳動速度超出控制，彷彿下一秒就會承受不了秋風氣息而墜地。

11

今天是記者來訪的日子。

出門前換了好幾件襯衫，快遲到了我才停止猶豫。謹慎的不只是我，今天的揚子堂也看起來有些不一樣，可能是美滿姨指使帕克要把玻璃櫃擦得連一個指紋都沒有，也可能是白兔特地抹了髮油讓頭髮貼齊發亮，又或者是黑臉那彆扭得不自然的表情，都宣告今天是重要日子。整間店最不受影響的，就是叔公和阿原了，他們正在討論窗邊鳥糞的鳥類品種。

十點還沒到，我就換下工作服在一樓等待。我一邊爲自己打氣，一邊複習小抄內容。十點一到，門口一陣騷動。

「您好，請問您是徐先生嗎？」她走進來第一眼就認出了我。在想像裡，那聲音如桂花般的女生，應該要穿時尚雜誌裡的碎花連身洋裝，卻不想是隨性綁起馬尾，淺綠薄襯衫搭牛仔褲，氣質明朗中性。

「我叫陳品芯，叫我品芯就好。」她遞上名片。我領她進一樓休息室，桌上已經擺好熱茶。她很驚訝揚子堂的老闆竟然這麼年輕，我驚恐否認。

「哎呀，記者小姐，他其實就是未來的老闆啦！」美滿姨端糕餅進來時，抓準說話空檔，「他很優秀捏，曾經去日本學和菓子喔！」

「你會繼承糕餅舖嗎？這是你去日本學和菓子的原因嗎？」她眼睛一亮，擺好錄音筆，完全進入工作狀態。

「沒有啦，我只是短期來幫忙！」我急忙拿出小抄，「我有看你們提供的採訪大綱，是不是從第一個問題開始？揚子堂的歷史？」她點點頭，鼓勵我繼續說下去，「我聽叔公說，台灣四、五十年代糕餅發展得最好，揚子堂就是在民國四十年代初期，由叔公父親也就是我的太公，啊，應該是『外太公』，我簡略稱呼習慣了……說到哪裡了？對，揚子堂是由外太公林江先生創立的，而叔公十四歲就在店裡幫忙，繼承到現在，揚子堂已經超過六十年了。」

「當時林江先生爲什麼投入做餅呢？他跟社口山崑餅店有關係嗎？」

「這個嘛……」我的目光越過她，發現叔公遠遠站在後頭面無表情，只好低頭看小抄，「妳剛剛說『山崑餅店』？那個是？」

「我們就是社口林家的人。」叔公接話了。

「啊，您就是林義先生吧！可不可以跟我們聊聊呢？」她笑容裡的親切，大概連叔公也不討厭吧，只見叔公眞的坐下來，國台語交雜，講述連我都不知道的糕餅歷史。

以前沒有太陽餅，只有麥芽餅。麥芽餅原是林家招待客人的糕點，直到林家祖先在一八五〇年代開了山崑餅店，它便成了店裡招牌糕點。那時候，麥芽餅還是麥芽餅，經過山崑餅店的魏師傅改良後，才變成現在的太陽餅，這段歷史只有做餅的人知道。

說到魏師傅，業界是這麼流傳的，當時台中糕餅的其中一脈從社口林家開始往外擴散，除了山崑餅店外，其餘林家子孫也紛紛自立門戶，包含我的太公。糕餅開始發展後，吸引不少師傅投入製餅，而將麥芽餅改良的魏師傅，陸續在多間糕餅舖擔任師傅，這期間造就了太陽餅的名氣，也讓「魏師傅」與「太陽餅祖師爺」畫上等號，於是正宗太陽餅老店之爭也與魏師傅息息相關。

「以成立時間來說，揚子堂也算是餅街前幾名，我看很多店家都標榜自己是正宗太陽餅老店，林老闆倒是很少提這件事？」

叔公不以爲然，彷彿已對這個問題搖頭千萬次，「揚子堂不爭這些。餅街上的店多少都與阿魏師有關係，就像我阿爸也請他來幫忙過。爭這些沒意思，讓他們自己去說。」

揚子堂的發展史，如同太陽餅歷史的切面。在他的描述裡，每一個畫面都裹上了麥芽，金黃得令人懷念。我想像太公騎著腳踏車沿路叫賣，所到之處漫起時代塵土和陣陣餅香，而叔公投入糕餅製作後，太陽餅名聲正響亮，南返北往的人們來到台中一定要買太陽餅，甚至前往成功嶺探訪軍中親人也是人手一盒。太陽餅店在火車站、高速公路交流道下遍開成店，形成太陽餅一條街的奇觀。那個年代很簡單，師傅們每日每夜專心做餅，餅自然會以財富來回饋辛勞。

「決定繼承揚子堂時，您是什麼心情？」

「當時沒選擇。家裡只有兩兄弟，阿兄讀冊頂眞，當了公務員，我不愛讀冊、也不知要做什麼，每天看阿爸做餅多少也會一些，覺得做餅可以養活自己，那就做吧。」叔公這段講得既快又肯定，似乎用話語建起圍牆，讓人止步，不再懷疑圍牆後頭的東西。

訪談又進行了一陣子，我和美滿姨一起介紹揚子堂的產品，又到二樓工作區請叔公示範糕餅製作，最後不知道是誰提議的，趁著機會難得，我們所有人在揚子堂門口拍了一張大合照。

陳記者離開前提問了最後一個問題：「未來，揚子堂的經營方向呢？」她的視線輪流停在我和叔公身上，想看看由誰來回答。

「看能做多久就多久吧，未來誰也不知道。」叔公淡淡地這麼回答。

一回家，阿母就上前詢問今日的採訪情況，知道一切順利後，還不放心地嘮叨著：「我還擔心你叔公會把記者趕出去。」

我想的卻是另外一件事。

「阿母，叔公終身沒娶，眞的是因爲有錢人家大小姐喔？」雖然訪問沒有談及，但這件事多少與店舖傳承相關，也是叔公人生的核心問題。

「你聽誰說的？」

「店裡的美滿姨。」

「美滿那張嘴喔，就是改不了。」美滿姨從年輕時就待在揚子堂，與阿母也算熟識，「是啊，我也是聽你阿公說的，對一個女孩子專情成那樣，比較像中邪啦。」

「不過，那女孩不喜歡叔公也是沒辦法的事吧。兩個人背景實在差太多了……」如同我與笑美子。

「誰說她不喜歡叔公？她喜歡呀！你阿公說，他曾經偷看過她寫給叔公的信，說會永遠記得他。」阿母頓了頓，「但這種事很難說啦，都沒有聯絡了，她現在一定是哪裡的貴婦吧，怎麼可能還記得叔公。」這個話題是最後一顆釦子，隨著我默默脫下襯衫而一起結束。

會記得呢？還是不會記得？

我想起離別那天笑美子的眞摯目光，眼淚湧現或掉落都無法阻止她的凝視。她說，她這輩子都會記得我，永遠永遠。十年後、三十年後、六十年後，她都會記得嗎？那我呢？我也會記得她嗎？

12

每逢周末，繁春堂生意就會特別好，其中有爲數不少的外國遊客，這種時候今西太太會請我到店鋪幫忙招呼。剛送走一組美國夫妻，下一批踏入的是三位身穿和服的年輕女生，今西太太和我一同以日語向她們問好，她們雖然也以日語回應，下一秒卻以中文稱讚和菓子好可愛。

「啊，你們是台灣人嗎？」我從不捲舌的口音中猜測，沒想到她們馬上驚呼：「你就是在這裡工作的台灣人嗎？」

「你們認識我？」

身穿桃紅色和服、個子最高的女生，拿出手機打開了線上旅遊地圖，上頭對於繁春堂的評論裡，有幾則清楚寫了：「有台灣店員，來這裡買和菓子最放心，他的介紹很詳細！而且繁春堂的和菓子眞的好好吃！」

我以日語向今西太太解釋的同時，她也驚訝地不停回說這樣呀。感動和興奮的心情不斷從體內湧現，網路科技眞的好厲害，只是幾則簡短評論，卻吸引台灣遊客前來。

對於外國遊客來說，要走進一家專賣上生菓子的京町家，的確需要一點勇氣。一般販售銅鑼燒、大福的街邊菓子店，都是半開放式的店舖空間，很好親近，然而像繁春堂這樣以暖簾、格子窗、犬矢來一層層遮蔽的京町家，維持著神祕深奧的距離感，令人不敢輕易踏入。上生菓子價格高、文化深，若沒有研究可能不知如何選擇，再加上語言隔閡，大概會讓遊客十分怯步吧。這也是今西太太不斷思考的問題。

「我們眞是太幸運了！可以請你爲我們介紹和菓子嗎？每個都好漂亮！」

我除了向她們介紹栗茶巾、松果和錦繡外，還有大野師傅的「龍田川」和今西老闆的「菊姬」。

龍田川形狀爲方塊，底層是紅豆羊羹，上層是半透明的錦玉羹，裡頭凝固著片片轉色的楓葉，靈感源自於奈良知名賞楓景點龍田川，希望呈現楓葉落入清澈河川的美景。菊姬就是菊花，使用剪菊手法，用細工鋏夾出一層層花瓣，講求層次分明和姿態生動，非常考驗師傅功力。

這群台灣女生聽完更是激動，決定每款都買一顆，一起分著吃。我推薦她們到附近的高台寺，坐在楓紅之下吃秋季和菓子，最能體會和菓子之美吧。她們開心與我道謝，保證要在線上旅遊地圖留下五顆星好評，接著步入外頭日光明媚的風景裡。

今西太太轉向我，只見她眼角濕潤地說：「從她們的表情我知道，安群君你一定將和菓子介紹得很好。謝謝你呀安群君，多虧你，這裡成爲台灣人認識和菓子的橋梁呢。」

她彎腰道謝，我也趕緊向她鞠躬，「是我要感謝今西太太，願意讓我在這邊工作！怎麼說呢，越是了解和菓子，越是覺得艱深呢。」

她露出平淡深遠的笑容，「的確呢，和菓子是永無止盡的藝術，是要花一輩子追尋的道路。透過觀察大自然的一切，從生活去發想，慢慢將那些轉化爲內在，再經由創作者的努力，才能讓和菓子從內而外都散發魅力。爲了顧客的微笑，每位師傅不只要磨練技術，還要磨練內心喔。」

「眞是不簡單，難怪大家都這麼努力。」

「安群君你也很努力呀，第一眼見到你，就覺得你似乎是爲了追尋什麼，才一個人從台灣來到日本。」

我急忙搖頭，「沒有沒有，與其說是追尋，倒不如說是不知道要做什麼才來到日本，連第一份工作都是在路邊看見章魚燒攤徵人就去做了呢！」當時單純覺得大阪章魚燒怎麼這麼好吃，加上小池看起來很好相處便去應徵了。

她又笑了，「這就是『追尋』呀，你以後就會明白了。」說完，她遞了一盤菊姬給我，「這個麻煩你送去茶室，笑美子練習茶道會用到。」

今西太太說的茶室在小花園奧庭旁邊，我向經過的高橋問路才找到。不虧是號稱「鰻魚的床鋪」的京町家，屋型縱深細長，往往前面是店鋪，後面則是住家。至今我只去過工作區和店鋪，其他地方都像密室般神祕。

遠遠的，我隔著奧庭的花草石木，看見笑美子跪坐榻榻米上，閉上眼睛，似乎在傾聽煮水的風爐所發出的聲響。一旁的大野師傅也以正坐姿勢，望向笑美子。可能是笑美子的側臉寧靜得如清晨的竹林，我也閉上眼，想要感受她正在感受的寧靜，想要試試自己是否也能聽見風爐煮水的呼嚕聲，或是風吹松木的啪沙聲。

許久許久，我好像聽見了，又好像什麼都沒聽見。

「你也想學茶道嗎？」今西老闆不知何時走來身旁。

「我只是送和菓子過來。」語畢，我們停止交談，但沒有移開步伐。在這個片刻間，日式庭園裡常見的流水竹筒因爲水流重量而咚咚作響了好幾輪，這種能嚇走動物的清脆聲響，讓它有了「鹿威」這個名稱。

「今西老闆，恕我冒昧，大小姐是爲了和菓子才學習茶道的嗎？」

他先是哼了一聲，似乎不太贊成這種說法，「和菓子與茶道關係密切，但也不僅是因爲這樣。兩者在形式上的表現天差地遠，『心』卻是一樣的，能夠磨練自己的心，才能成爲傑出的和菓子師傅。」

他看出我的困惑，「啊，你跟笑美子一樣，都太年輕，所以不懂吧。笑美子的和菓子，外型很漂亮，技術也不差，吃起來卻沒有笑美子的味道。她只是在模仿而已。如果是模仿，大家都會，連你也能輕鬆辦到。但是，能夠流傳千年的和菓子絕對不是這種簡單的事物。」

「我見過大小姐做的松果，跟加藤的完全不一樣，大小姐不是模仿，她很努力在學習和菓子。」

「她還沒開始努力呢。她只是運用與生俱來的感性，畢竟是出生在和菓子世家，這一點感性是必備的。但是，她的心，還沒有跟上來。」

算好時間似的，鹿威此時又咚了一聲，隨著今西老闆的話，迴盪在我內心久久不散。

13

即使到了現在，我還是能一字不漏地想起，今西老闆說的那席話。那時候，我不懂茶道，對和菓子也認識不多，更不用說今西老闆和今西太太不約而同強調的「心」，簡直像禪語。什麼樣子的心，才是和菓子師傅應該具備的呢？那樣子的心，也是糕餅師傅必備的嗎？

「徐先生，這裡右轉嗎？」一整個早上，這些問題似回音一般，來了又去，去了又來，直到她說了這句，我才返回眼前的現實。此刻，我坐在陳記者車上，準備帶她去叔公小時候住過的社口林宅。

「對，這裡右轉。」我們倚靠手機導航，從豐原交流道下來後，往神岡方向前進，在傳說中的山崑餅店右轉，轉進小巷弄中，盡頭便是社口林宅。親戚林伯伯已經在門口等候，我向他說明雜誌報導希望能介紹與糕餅緊密相關的古厝，特別前來參觀拍照。

「你叔公都跟我說了，他身體好嗎？」

「都還好，只是他最近腰痛，沒辦法過來。」叔公腰上貼布越貼越多，勸他去看醫生，他也只是固執搖頭。

「教他好好照顧身體，接下來不就是中秋了嗎？到時候有得忙！」隨著林伯伯的腳步，我們跨進門樓，行走在窄小甬道裡，左方有座半月池，右方外埕的後頭便是古宅。

那是一座兩進多護龍的四合院，延續門樓顏色，磚紅與素白，門廳中央寫著「大夫第」，意思是官邸。林伯伯說，那是因爲林氏祖先幫助清軍圍剿叛亂有功，清廷特別頒贈了官銜。古厝仍有住人，多虧他帶領，才能參觀一般遊客無法進入的地方。我們進了內埕與第二進，環視左右護龍，他叨叨絮絮介紹一磚一瓦，像是人字形排列的地磚象徵人丁旺盛、花窗四角有蝙蝠圖案代表賜福，才明白中式建築喜歡在小地方納入符號，暗藏生活的期望。

「據說神岡一帶的糕餅就是從這裡發跡的？」不同於我只是張大嘴巴聽林伯伯描述，陳記者一邊拍攝一邊提問，快門聲迴盪在整座四合院裡，不時擺動的馬尾似乎透露了她的心情。

「啊沒錯沒錯，當時林家是地方望族，喜歡在這裡招待文人仕紳，小廚房裡聘請許多師傅來研發糕點，其中有位犂師傅後來開了餅店，研發出雙面煎的台式月餅。」

「就是現在的禾記，對不對？」

「妳說對了！我們林家子孫自然也不能輸人呀，創立山崑餅行，傳承招待仕紳的招牌糕點『麥芽餅』，也就是太陽餅的前身囉。」林伯的這段話，將太陽餅的前世今生交代得更加完整，整部台中糕餅文化史也終於串聯成歷史長河，從清朝涓流至現代。如果不深吸一口氣，似乎無法消化。

聽陳記者說起，我才知道社口、豐原一帶百年老店林立。百年老店都長什麼樣子呢？是否跟繁春堂一樣，都有時光凝結的味道？我實在太好奇了，提議順路去看看，陳記者爽快同意了。

我們依序前往山崑、禾記巡禮，出乎預料的，兩間百年老店的裝潢陳設和販售品項都十分簡單，似乎只能從木製匾額上窺見歲月。若不是在地人，大概無法從低調外觀相信它們是百年餅店。我在山崑和禾記買了麥芽餅、台式月餅，想帶回揚子堂給師傅們嚐嚐。

順著路，來到豐原雪齋，店面以木紅色木板爲底，店裡則是沉穩木裝潢，帶點日式風格，所有糕點都在一個玻璃櫃裡呈現。雪齋同樣創立於清代，同樣是因爲地方仕紳帶動糕餅興起，創辦人呂師傅原是豐原陳家的廚師，後來受到陳家幫助創立了雪齋。據說綠豆椪就是呂師傅在偶然一次意外研發出來的，原本台式月餅是以炭火雙面煎烤，而他有次忘記翻面導致一面因熱膨起，便開始研發單面烘烤的糕餅，才有現在的綠豆椪。

這不就是白兔先前所說的「綠豆椪」由來嗎？走了這一趟，似乎把台中糕餅的拼圖都補滿了。

大概是對今日收穫十分滿意，陳記者回程路上輕輕哼著歌，音符就像細雨般點點滴落，將我們與外頭喧譁車潮隔開。在她的歌聲裡，莫名的，讓我對會開車的女生多了一股憧憬。她們很自由，不用倚靠任何人就能前往想去的地方。這也是笑美子憧憬的吧。

下一秒，汽車行經一個坑洞，整台車晃動離地，瞬間後座餅香四溢。她急忙靠路旁停下，我們擔心禮盒滑落，同時回頭查看糕餅的安危。

有時候人與人要拉近距離，可能只需要一句話或一個片刻。現在，就是那個片刻。我們在滿車餅香中一起笑出聲，討論糕餅一定在那個瞬間離開了地球表面。

「你不要叫我陳記者了，叫我品芯吧。」

「妳也叫我安群就好。」

這個小插曲，讓我們多了份親近，我才敢接著問：「妳爲什麼想當記者？」

她輕輕一笑，「我也不是特別想當記者，而是不知不覺就在做這份工作了。聽起來很奇怪吧？我以前其實是業務喔，比起介紹產品、做業績，我更喜歡聽客戶說他們的故事。後來我進到雜誌社當廣告業務，慢慢接觸到採訪工作，主管看我對採訪有興趣，才把我調部門。你呢？」

「我也是誤打誤撞啦……」我摸了摸脖子，「妳採訪過的經營者，他們對於繼承老店有什麼看法？」

「嗯，很難一句話講得清楚呢。有的認爲是家族使命必須堅持，有的爲了賺錢搶商標跟兄弟姊妹不合分家，當然也有只是想說家裡需要幫忙就幫忙，一做就是十幾年。各式各樣理由都有。你打算繼承揚子堂嗎？」

對於現在的我來說，那是一道棘手問題，只能淡淡地說：「不知道。」

「不知道？」

「我在日本百年和菓子店打工過，感覺這不是這麼簡單的事，不只是想不想或技術夠不夠，還有更深更深的東西。我不會說。」

就好像那天。笑美子身穿初綠色和服，一手推開紙拉門的三分之一，再換另一手完全推開。她先鞠躬，雙手輕輕扶在榻榻米上，起身，用六個步伐走完一塊榻榻米，在爐火前再次跪坐。席上的和菓子，是她爲我做的，濃茶，也是她爲我泡的。對我來說，傳承就是那樣的味道，甜與苦的強度，都強烈得令人落淚。

「但是現在的你，也擁有希望揚子堂更好的心情吧？」我點點頭，她的下一段話讓生活多了可以期待的光，「那麼，你就先將這個問題拋到一邊，專注在眼前你能做的事，爲揚子堂盡力去做吧。要先努力走到未來，才知道未來該做什麼選擇，不是嗎？我想那些決定繼承老店的人，一定也是這樣，一步步才抵達這個現在。」

無法解釋，爲什麼突然想打開部落格看一看。從日本回來後，我感覺自己有好大一部分被消耗掉，變得稀薄透明。直到今天，才終於有力氣再繼續寫下「流浪者日誌」。

離上次更新文章，已經超過半年，最後一篇文章分享了繁春堂忘年會上的餐點，以及京都的雪。

「明年忘年會就看不見徐桑了呢。」笑美子的聲音從那個時空傳來。

我深吸一口氣，避免陰鬱情緒繼續擴大。不斷閃爍的游標是一種提醒，提醒我必須寫下第一個字、第一句話……

我回到台灣了。

沒有交代任何原因，故事直接跳接上在揚子堂工作的日子。

或許是品芯的一番話，讓我突然懂了，與其注視著煩惱，不如注視著生活。揚子堂便是我現在的生活，我以它向格友宣告流浪者的回歸。

旅途待續。

14

內餡，是和菓子的靈魂。最常見的內餡，無非是紅豆沙和白豆沙，上生菓子更會使用白豆沙來做外皮，於是繁春堂每一天都是從煮豆子開始。每每聽到豆子滾進鍋盆，那宛如海浪的陣陣聲響，都讓我對和菓子的敬意又加深一些。

煮豆子的步驟十分繁瑣，每個關卡都有所要求，隨便不得。豆子必須先浸泡一晚，熬煮到膨脹變軟後，要用水過篩三次。接著繼續泡水、倒掉沉澱後的清水，這個步驟也要重複三次。用棉布把豆沙包好，利用身體重量將水分擠乾後，就是綿密細緻的生餡。最後會用另外一個鍋子將水與砂糖加熱，加入生餡攪拌熬煮，直到水分蒸發，可以堆出小山峰爲止，才完成了眞正能使用的豆餡。

從原本只能刷鍋子、挑豆子、清洗豆子，我也慢慢可以幫忙煮豆子。水中的豆子翻呀翻呀，我想著日本神祇之多，連一粒米上都住著七位神明，那麼也有和菓子之神嗎？

「當然有呀！田道間守就是和菓子之神呀！」加藤正在煮白豆沙，我們兩人縱使交談，眼睛也不會離開爐火一秒，「傳說他爲了垂仁天皇，前往遙遠的『常世之國』尋找

『非時香菓』，那是一種四季都會散發香味的果實。你猜猜那是什麼？竟然是蘋果！」

他話一說完，不只笑美子停下工作朝這邊看來，連原本背對我們的高橋也轉過身來，冷冷地說：「是橘子吧。不是蘋果。」

「對對對，是橘子，開開玩笑嘛，和菓子師傅沒有人不知道那是橘子，那個神話可是常識中的常識，安群君，知道了吧！欸，加一點水。」他指著我的紅豆鍋。

我邊加水邊問：「京都有祭拜田道間守的神社嗎？」

「有，吉田神社裡有一座菓祖神社。」笑美子說。

通常笑美子是不太說話的，她這一出聲，加藤換上有點討好的誇張笑容。「沒錯，每年四月和十一月的祭典，今西老闆一定都會參加呢。你改天去看看吧！」他用手肘頂我，十分不自然，而笑美子低下頭的模樣也很尷尬，假裝沒有過這段交談，繼續練習和菓子。

日本人講求「讀空氣」，在拘謹保守的京都更是如此，要懂得閱讀空氣裡的氣氛，那是一種察言觀色的本領。

我很不明白加藤的態度，他生性愛開玩笑但都會拿捏好分寸，繁春堂的大家都很喜歡他，然而他對笑美子老是怪裡怪氣的。我們一起下班，在門口穿鞋時，忍不住問了他。一開始他還想裝糊塗，直到我說再也不分他台灣來的零嘴，他才認眞解釋。

「唉，她畢竟是大小姐，跟她關係太好會有麻煩，但冷落她也不忍心，要小心一點。」

「你是她的前輩，這麼小心翼翼反而會讓人覺得受傷吧。」

「就算我比她早開始學和菓子，等她繼承繁春堂，她就是老闆娘了，我也只是小小員工，這種距離剛剛好。」

「她已經決定要繼承店舖了？她不是還在讀高中嗎？」

「當然呀！今西老闆只有她一個女兒，她一定要繼承才行，別無選擇。」他努力穿上鞋子，雙腳蹬了兩下，「再說了，大小姐就是一位冰山美人，是我最不會應付的類型。我發現，她好像特別喜歡跟你說話？爲什麼呀？」

「沒有吧。」在店裡沒有，但有次交換聯絡方式後，她偶爾會傳來她做的和菓子照片，請我提供建議。我希望自己的口氣不會太心虛，畢竟加藤的直覺可是非常敏銳。

「那就好，我這位前輩的話要好好記得，知道嗎？」他拍拍我的肩，騎上腳踏車，笑笑與我道別。

我往另一個方向走，被京都即將入冬的冷空氣包圍。少了觀光客的二年坂，夜晚很安靜，沉默的路燈將光線映在石板街道上，連遠方八坂塔也從底部打上光，彷彿藏有千年的寂寞與蒼茫。

手機來了訊息，是笑美子，她寫：「安群君，你想去看菓祖神社嗎？如果方便的話，約這個星期日下午，好嗎？」附上日本女高中生最喜歡的顏文字，可愛得令人會心一笑。

我想了一會，回覆ＯＫ，一抬頭才發現從烏雲間露出的天空，星光熠熠。

吉田神社在京都大學旁的吉田山，小小山丘上有好幾座神社，菓祖神社就是其中一座。我們約在神社鳥居下，穿著秋綠色針織上衣的笑美子已經在那裡了。我很驚訝氣溫接近十度，她卻穿了極短褲，露出白皙長腿。本想問她會不會冷，卻又不想被當作盯著女生大腿的變態，只好稱讚她的深紅貝雷帽很可愛。她露出小花般的微笑。

爲了掩飾莫名的害羞，我指了指高聳鳥居，「爲什麼鳥居都喜歡用朱紅色的？」

「我們認爲那個顏色可以對抗魔力喔。台灣祭拜神明的地方是什麼樣子呢？」

「我們最多寺廟了，大部分都是很鮮艷的，妳看有黃瓦、紅瓦。」我用手機搜尋圖片，「屋頂會有很多神明、神獸的雕塑，連龍柱上的浮雕也很誇張。」

「就像豪華升級版的！」她的神情像松鼠發現一顆超好吃果實。

我們穿越鳥居，拾階而上，迎來兩側盎然綠意。從沒去過台灣的笑美子，央求我說更多趣事，上次才說過夜市、機車、手搖飲料店，這次介紹台灣水果，卻不小心變成比手畫腳的遊戲。

「釋迦呀，外型就像佛祖的頭。」我在頭上比出一團團的樣子，這時候她已經笑到站不直腰，「外皮是綠色的，輕輕撥開裡面有軟軟一粒一粒的果肉，每粒果肉裡面還有黑色的籽，要把它吐出來。」

「像吃西瓜那樣？好奇怪吶。」

提到水果，她想起加藤只說了一半的神話，「田道間守回到日本時，垂仁天皇已經逝世，他帶著非時香菓來到天皇墓前，獻上水果後便自盡了。『果子』一詞就是『菓子』的緣由，之後他就被視爲和菓子的守護神。」

「好悲傷的故事，田道間守一定很自責沒趕得及回來。」

「是嗎？我從小聽到大，已經沒有感覺了。仔細想想眞的很悲傷呢。」她頭偏偏的，像在思考很難的數學考題，「再多講一點台灣的事情吧，聽起來都好有趣！」

「妳以後可以來台灣玩呀。」

「不行。」她低下頭，「我很想，但不行。」

她的回答令我意外，很想問她是因爲繁春堂嗎，卻實在問不出口，彷彿如此便間接證實了她不得不的放棄，放棄來台灣，放棄除了和菓子之外的所有可能性。

「日本，日本也很有趣呀，像是吃拉麵一定要發出很大的咻咻聲。」我用手指當作筷子，上下擺動假裝在吃麵條。她一臉「啊是這樣嗎」的表情。

經過吉田神社本宮，繼續往上走，岔路取左邊，再經過一座鳥居，石階旁豎立的長條石柱一字排開，刻上的捐贈者都是當地和菓子店，笑美子幾乎每一間都認識，其中還找到繁春堂多年前捐贈的。

「父親說，和菓子要取自對日常生活的觀察，無論差異多麼微小，初冬的雪也和深冬的雪不一樣。但是我常常對此感到困惑。」她盯著繁春堂的石柱如此說。

這麼一瞬，我才驚覺她所思考的，早就超出應有的年紀，同年齡女孩應該只會在乎哪個品牌的口紅顏色比較適合自己吧。

「小時候他最喜歡問我，庭院裡的植物在早晨與黃昏有什麼不同？有時候是羅漢松，有時候是朱槿。我回答不知道，他就會大聲斥責，罰我坐在外廊數小時好好觀察。大野師傅不忍心，都會偷偷告訴我答案。」

「有一次我很生氣，邊哭邊回嘴說：『京都每一天都是一樣的，都一樣無聊！』父親沒有安慰我，他只說，我沒有資格當和菓子師傅。」

這對笑美子來說，一定是很悲傷很悲傷的回憶，就算只是重述一次，她也顯得蒼白虛弱。我停下腳步，她也跟著停下。望進她眼淚已經在眼眶邊緣累積的眼睛，我用手撫摸她的頭，動作輕柔。

「我相信妳一定可以獲得今西老闆的認可。總有一天，妳一定辦得到。」貝雷帽毛茸茸的觸感，讓我聯想起雪白的兔子，如果凝視笑美子再久一點，那隻兔子可能就會被擁進懷裡。「妳要不要試著假裝自己是台灣人呢？這樣妳就會覺得京都所有一切都很新鮮，連吃膩的壽司都會特別好吃喔。」她溫馴點頭的同時，我順勢移開手，手心全是汗水。

「你知道，」她像是突然想到好笑的事情而漾開笑意，「當時你在店門口看見的徵人啓事，短短幾個字，父親改了又改，甚至一度取消徵人嗎？」

我永遠忘不了那則徵人啓事，除了職務內容、工作時間、時薪之外，特殊要求列舉了近十項，包括家世清白、不遲到、不偷懶、不偷竊、不喝酒、不抽菸等。

「繁春堂可不是誰想進來就可以進來的！就算只是打打雜、清掃環境。要不是中村車禍受傷，我才不想用不知道從哪裡來的傢伙咧。」笑美子捏著鼻子模仿今西老闆的嚴苛語氣，逗得我大笑。

「所以，能夠遇見安群君，眞是太不可思議了。」她說這話時，連眼睛都在笑。

我們繼續往前行走，來到石階盡頭的一小片樹林，菓祖神社就這樣被圍繞其中。神社主體是純樸深色的木構小屋，與鮮艷朱紅色木柵欄形成對比，門口懸掛的白底燈籠印上黑色橘子花紋，印證了那則神話。我們隔著柵欄向菓祖神祈願，陽光剛好落在她顫抖的眼睫毛上，像躍躍欲飛的蒲公英。

不知道我和笑美子所祈求的，是不是一樣。但與其說是祈求，那更像是一份與未來的約定。我相信笑美子在未來某日，一定能成爲優秀的和菓子師傅。我對此深信不疑。

15

眼前場景非常值得寫進「流浪者日誌」。我從未見過揚子堂以外的師傅，此刻教室裡卻聚集了超過二十家糕餅店的師傅與職員，有資深的，有年輕的，他們彼此寒暄，氣氛宛如同學會。我誰也不認識，自己尋了座位，剛好補滿六人小桌。

會來參加由地方糕餅公會舉辦的故事行銷講座，是受到品芯鼓勵，那天去豐原後，我們交換了聯絡方式，她傳來報名連結。或許對我和揚子堂都有所幫助，她說。

抱著會被反駁的決心（叔公可能會說我們不需要這些花拳繡腿的做法），我向他說明講座內容，把對山崑、禾記、雪齋的觀察都說一遍，買回來的餅也請師傅們吃吃看，他們邊吃邊聽，表情看不出是贊同還是反對。

「不然你去看看。」向來固執又保守的叔公，不僅准我以公假來上課，還幫忙繳了報名費。

在忙著尋找座位的人潮裡，我看見品芯，她還是一頭馬尾，只是換上比較正式的西裝外套。這場講座，她的公司也是主辦單位之一。她朝我走來，爽朗地打招呼，手上拿著一份被畫滿紅字的文件。

「你說這個呀？」她翻了翻，「最近去採訪的店家，不喜歡我寫的內容，希望我可以修改，再多加一些成語。有成語可能讀起來比較有深度吧。」我瞪大了眼，她只是聳聳肩、想生氣又沒辦法，「我很感謝林老闆喔，揚子堂的報導竟然一個字都沒有改！」

「妳寫得那麼好，叔公很喜歡，想不到可以將我講得亂七八糟的內容，變成那麼有溫度的報導。」

聽我這樣說，她笑得像獲得貼紙的小學生。倏地，她發現同桌女學員是之前的採訪對象，她叫她小潔師傅，熱心地爲我們介紹。

「小潔師傅是上一屆的太陽餅比賽冠軍喔！」留著短髮、身形瘦小的小潔師傅，年紀看上去比我還小，卻已經是太陽餅比賽冠軍了？這也是我第一次聽說有太陽餅比賽。

「傳統糕餅業很少有女師傅！要長時間待在高溫工廠，又要搬運重物，所以小潔師傅能獲得冠軍眞的很不容易，每天工作前後都在準備比賽，練習了上百次！」

我們相互微笑點頭，好奇小潔師傅每天工作就是在做太陽餅，爲什麼還需要練習呢？

我的疑問來不及問出口，講師已經走進來，大聲向大家問好。那是一位把笑容和西裝當作標準配備的矮小男人。他提議以小組爲單位，每位學員輪流介紹自家餅店，練習如何說好一個故事。我們這組，你看我，我看你，雖然是同業卻不熟識，一陣尷尬中，小潔師傅率先開口：「我先來好了！」

小潔師傅是在地餅舖第三代，與專賣伴手禮的糕餅店不同，郊區餅舖見證了地方發展史，販售的糕餅皆與市井生活息息相關，有祭拜神明的壽桃、傳統婚慶回禮的狀元糕，也有中秋節不可或缺的綠豆椪。從小在餅舖長大的她，對一位戴帽子的獨居阿伯印象特別深，每次來都付剛剛好的零錢，買一顆壽桃，令人不免猜想他的貧苦與孤獨。這樣過了好幾年，有次他進來神色完全不一樣，手上揮著幾張摺得皺皺的千元大鈔，一問才知道失聯多年的女兒要出嫁，想買幾盒大餅分送鄰居，言語激動到眼眶泛淚。

「我們都知道，那錢是他省吃儉用存下來的，也是那時候我才知道，餅舖是有責任的，顧客讓我們參與了他們的人生，相對的，我們也必須提供最好的產品回饋他們。」小潔師傅的話打動所有組員，大家熱烈拍手。

那麼，揚子堂值得訴說的故事又是什麼呢？是與社口林家的關係？是叔公與太公開創的六十年歷史？還是隱藏在店舖後面，叔公與那位大小姐不得不的分離？

大家接續分享，即將輪到我時，剛好分享時間結束。我打從心底鬆了一口氣。然而那些問題並沒有因此放過我，在課堂間還是時不時跳出來擾亂思緒。

我環顧周遭人們的臉龐，坐在這裡的，全是糕餅同業，卻擁有不盡相同的故事。有人是食品大廠，通路遍及超市和量販店，標榜通過國際食品認證標準；有人在既有中式糕餅種類裡，努力研發新產品、新口味；也有人與日本淵源極深，傳承日式口味又開發台式專屬風味，常常往返日本尋根。

那全是平日待在揚子堂裡，所無法想像的視野。

講座結束時，我在電梯裡遇到小潔師傅。我把握機會，問起太陽餅比賽的練習，她毫無保留地回答：「其實每一家的太陽餅，無論是配方、大小、重量都不太一樣，也因爲生產數量大，通常都需要機器協助。但比賽就不同了，不僅要全程手工，大小和重量也有標準規範，需要調整和練習才能抓到手感。而一場比賽九十分鐘，必須做出二十四片太陽餅，製作動線、工具材料放置位置，都要事先規劃和排練。」

她笑了笑，「你也有興趣參加嗎？可以挑戰看看呀！不過你們家林老闆對比賽應該沒有興趣吧。」看來叔公的固執與孤僻在業界也是頗爲知名。

「沒有啦，我只是好奇問問，我的程度還不能參加比賽。」

「不能在做之前就先放棄呀。以前大概也沒有人認爲我可以獲得冠軍吧。」她接著說：「我很希望自己能夠成爲一個榜樣，成爲女生、成爲年輕人的榜樣，告訴他們，傳統糕餅因爲年輕人的加入，依舊擁有無限可能，値得傳承下去。」

電梯到達一樓，外頭光線落在她臉上，那一刻如同是神諭的瞬間，宣告了小潔師傅的未來正明亮發光。那樣的明亮，並非是未來毫無困難，而是再苦再難，她都會堅定前行。

這一剎那，我想起笑美子也有過相同表情。因爲那樣的表情，我決定離開她。

16

我和笑美子約在電車出町柳站，她想在前往和菓子店虎寮之前，先帶我去「跳烏龜」。來京都一定要跳一次！她這麼說。

步行至鴨川的路上，我總覺得笑美子的打扮與平常不同，她的髮型以往除了馬尾外就是編髮，這天卻是隨風飄逸的長髮，服裝也是，白色毛衣搭配牛仔褲，簡單素淨。她見我盯著她，不好意思地說：「這樣穿有沒有像台灣女生？你上次說，我可以假裝自己是台灣人，才能以不同眼光認識京都，所以我試著搜尋了台灣女生的穿搭。」

啊，原來如此。

「很奇怪嗎？」她低頭拉了拉毛衣。

「不會，很適合笑美子喔。」我們相視微笑，繼續前行。

很快的，和緩流淌的鴨川就在眼前。不同於祇園、四条一帶，這裡是兩河匯流的三角地區，一邊是高野川，另一邊是賀茂川，來到這裡才形成鴨川。京都人在鴨川上放置了烏龜形狀的石頭，邊跳石頭、邊過河的「跳烏龜」，成爲生活裡的小小娛樂。這一帶的跳烏龜規模最大，石頭間距有疏有密，有的可以輕鬆跨越，有的需要小力跳躍。不少小朋友已經在烏龜上跳來跳去，也有三兩朋友坐在石頭上望著河水發呆，更多的是男女朋友牽著手一起過河。

身爲在地人的笑美子，率先跳過幾隻烏龜，「安群君，快過來！」

我步伐大，很快趕上她，臨時想到一個點子，「妳知道怎麼更像台灣人嗎？教妳幾句中文，等下我們去和菓子店妳可以說。」

我走在前頭，每講一句中文就跳一隻烏龜，她在後頭，也一步步跟我複誦，整條鴨川都充斥著中文的「我要這個」、「好好吃」、「好可愛」。河上的風似乎也想參加，總是一陣一陣吹撫衣角。開心跳烏龜的我們，連十二月的冷風也無所畏懼。

唸完最後一句「好喜歡」，我抵達對岸，與笑美子只有一隻烏龜的距離。她停下腳步，對於最後這段特別寬的縫隙有了遲疑。下意識，我伸出手。

「好喜歡。」她邊笑邊說這句話，並將手伸向我，我緊緊握住這股柔軟暖意，將她安全拉到岸上。這個瞬間，風與河流的氣味都變了，甜甜的，像是遠方的草原正花開燦爛。

那只是短短的一、兩秒，後來我們放開彼此的手，依舊維持一小段距離，並肩行走。

經過以前是天皇居所的京都御所，創立五百多年的虎寮就在御所旁邊。早期虎寮做的羊羹爲皇室御用，一般老百姓可吃不到，如今連鎖店遍及日本，甚至遠到法國巴黎，是和菓子界無人不曉的知名老店。

來到店門口，我暗示笑美子不要說話，並故意用破破的英文與店員對話，女店員以親切笑容領我們至半室外區坐下，那是一個可以眺望庭院風光的舒適座位。翻開菜單，我點了招牌的白味噌羊羹搭配玉露，笑美子則點了季節上生菓子套餐。

「我要這個。」她是以中文講的，我忍著不笑出來。

帶笑美子來虎寮是有原因的，京都和菓子圈彼此熟識，誰是哪家的第幾代或店內師傅，都能輕易辨識。也因爲如此，笑美子沒有辦法隨意踏進其他老店品嚐和菓子，也不好意思拜託毫無興趣的高中同儕代買。於是規模龐大的虎寮，就是最好的目標，畢竟老闆與重要幹部應該不會有機會來店裡，況且笑美子還戴著我充滿台味的鴨舌帽呢。

因爲這層僞裝，我們沒有太多交談，我安安靜靜地欣賞庭園裡的造景，冬天的樹看起來都很冷，冷得樹皮裂出痕跡，而笑美子似乎很享受當台灣人，好奇地四處張望，彷彿第一次來到京都。

餐點來了，我切下一口淺咖啡色的白味噌羊羹，入口即化的甘甜搭配暖呼呼的玉露茶湯，口味十分溫和。笑美子以不同角度欣賞套餐菓子「雪兔」，小小的耳朵，小小的後腿，細膩呈現兔子的靈巧。用黑文字切開後，發現裡頭是淺綠柚子餡，我也吃了一口，柚香瀰漫，非常清爽。

「安群君，謝謝你。」笑美子見附近沒有人，用熟悉的日語小聲說，「我一直很想知道有別於繁春堂的味道。」

「妳覺得吃起來如何？」

「和菓子果然不簡單吶，不同家族、不同世代的人，都能創造自己的風格。這裡的和菓子，有一種深遠寧靜的味道，可能是從天皇居住京都時就存在的吧。終於明白爲什麼我得不到父親的認同，我還需要更多更多的修練呢。」

對我來說，繁春堂與虎寮的和菓子都很好吃，實在無法像笑美子講出那麼細微的差別。但是笑美子的話也觸動了我，能夠與她在千年京都一起品味百年和菓子，是不是也宛如某首詩裡寫的，請求佛將他化作一座橋只爲等待愛人經過，那般珍貴且講求緣分呢？

「眞希望有天可以跟你一起去台灣。」她望著眼前景色，以羽毛般的聲音說出這句話，我想要溫柔承接卻慌了心跳。

「啊。」下一秒，她驚呼出聲，因爲京都的第一場雪就這樣落下來。細亮溫柔的雪片，以極其緩慢的速度，教懂我所謂的深遠寧靜。我和笑美子的緣分，應該也是千年一遇吧。

17

四季不甚鮮明的台灣，唯有吃到月餅時，才會深刻感覺到：啊，秋天就要來了呢。吃餅的人很幸福，可以吃傳統綠豆椪、蛋黃酥，也可以是有點日式的小月餅，或是皮厚、口味多的廣式月餅。做餅的人可就沒有那麼幸運，中秋節是揚子堂的忙季頂峰，從九月開始，每天加班至晚上十點是很平常的。我們也迎來黑臉最暴怒的時節，他的壓力化成出口的每一句話，一天不被他唸個十次是不可能的。

不可思議的是，帕克竟然在所有人都精神緊繃的時刻，向叔公提出這個請求：「請讓我參加麵包講習會。」

帕克所謂的「麵包講習會」，邀請去年參加世界盃麵包大賽得獎的三位師傅，分享比賽經驗，並公開示範得獎麵包的製作。雖然講習會只有一天，但是對於每天都像在打仗的中秋趕工季，少了帕克肯定是悲慘加倍。帕克心裡也清楚，他保證會自己付學費、每天也會提早兩小時來揚子堂補工作時數。

「你也想去嗎？」叔公對手上拿著傳單的我說。

「沒有啦，我有點好奇而已。」我只是剛好來休息室，剛好撞見他們的對話，剛好拿起傳單。

「你們一起去吧。」不知爲什麼，叔公自顧自地下了這樣的結論，帕克不斷向他道謝，而我則是像小學生突然被老師指派當班長那般困惑。

帕克在進入揚子堂以前，是一位麵包師傅。他任職的麵包店，知名程度是在地人都知道的那種，不是兼賣台式麵包和糕餅的傳統麵包店，而是道道地地只做歐式麵包、還有附屬咖啡廳的專門店。我曾經問他，爲什麼從麵包改學糕餅，他說糕餅是台灣文化，自己那麼了解國外麵包，卻對這塊土地的傳統一無所知，太可惜了。

我覺得帕克沒有說出眞實原因。那倒也不是說謊，以他在揚子堂的工作態度來看，他確實很認眞投入糕餅學習，從來沒有抱怨偷懶過，只是在內心深處一定還有說不出口卻最重要的原因。爲什麼我這麼說呢？因爲縱使是休息時間，他仍會翻閱麵包製作相關書籍，上頭畫滿螢光筆、貼滿標籤，讀著讀著，困惑、不甘心、煩悶、憂鬱的表情輪流出現，似乎內心有兩個帕克彼此牽制激辯。

提早抵達講習會的帕克，坐在空無一人的階梯教室，一臉晴朗。

「你來得這麼早？」我是收到他的訊息才趕來，離開課時間還有半小時，這麼早來的只有工作人員而已。

「因爲要搶最好的位置。」他笑笑說，「我以前常來這裡上課。這裡其實是設備公司，他們長期資助國內外烘焙賽事，也經常舉辦講習會，每一次我都是坐這個位置。」

我們坐的位置，無論是前後或左右都是最中間，可以清楚俯瞰擔任示範要角的工作檯、兩側各有用途的烘焙設備，以及後面一整排的多款烤箱。階梯教室彷彿將烘焙產業的全貌都濃縮進這樣的視野裡，如此一想，內心似乎慢慢感動起來。

「正式上課前，你必須補充一些麵包常識。」帕克知道我對麵包一竅不通，他拿出紙筆，寫下「麵粉」、「酵母」、「水」、「鹽」。

麵粉，百百種，不同麵粉的不同特性，能夠展現香氣、蓬鬆、彈牙、化口性等不同效果，專業麵包師傅往往會混合多種麵粉，將它變成自己的專屬麵粉，以滿足想要追求的獨特口感。酵母，是麵包膨脹的功臣，是香氣與風味的來源，也是麵包的靈魂。水與鹽亦不可或缺，水是融合所有材料的介質，鹽則能引出甜味、讓麵糰緊實。

「這就是麵包的四大元素，聽起來簡單，卻擁有無限變化。」帕克說這些話的時候，眼裡迸發著光亮，就像園丁雙手捧著無以計數的種子，卻已經能看見一整座森林。

雖然帕克的表情充滿感情與詩意，但是麵包絕對不感性，甚至很「科學」。講習會的講義充滿數字，不是材料比例，就是溫度時間，同一款麵包若使用不同做法，四大元素的比例也會相對改變。不只如此，講義上的專有名詞更弄得我像文盲。做麵包的人或許根本不像園丁，倒是瘋狂實驗家。

「安群，重點不是食譜，食譜寫得再清楚也無法複製相同味道，重點是每位麵包師傅是如何思考麵包這件事。」

順著帕克的目光看去，三位師傅已經上台就位。他們去年代表台灣組團，參加世界盃麵包大賽，榮獲銀牌，而上一次在個人賽代表台灣獲得冠軍的，就是全國知名的阿春師。因爲有他們，世界盃麵包大賽成爲台灣得以競逐的舞台。

講習會一開始播放的紀錄影片，鏡頭緊追著三位師傅的身影，讓我們一同經歷了一次次八小時練習的辛苦、尋找象徵台灣味食材的驚喜、搭飛機前往法國巴黎的忐忑、比賽現場連流汗都沒有時間的緊迫，以及最後在頒獎典禮上展示台灣國旗那相擁而泣的感動。影片結束，台下每個人都用盡力氣給予掌聲，彷彿這個成果是大家一起參與而來。但是，帕克沒有鼓掌。

世上沒有一件事是簡單的。這是叔公說的。一個國小畢業的糕餅師傅，能夠講出這句充滿哲理的話，原因無他，那必是從自身經驗獲得。

如同眼前所見的，師傅們各自示範歐式麵包、甜麵包、藝術麵包這三種比賽項目，他們在現場走來走去，揉麵糰、攪拌、看顧火爐，彼此交錯又分開，動線流暢到似乎閉著眼睛也不會出錯，這必是練習多次的成果。示範現場讓我想起日本專訪達人的實境節目，因為自信，他們知道可以相信自己的手與技藝，於是與時間賽跑的每一秒，他們都還是從容優雅。

慢慢的，麵包香味從烤箱偷偷鑽出來，歐式麵包率先出爐，工作人員為現場學員端上切成小塊的法國長棍。

「先聞味道，再吃一口，每口都要嚼三十下。慢慢吃，才能分出是酵母的風味，還是麵粉的香氣。」帕克制止想要立馬吞嚥的我。我聽他的，想起吃和菓子的緩慢，先看、先聞，吃一口，感受鬆軟帶嚼勁的口感，以及先香後甜的層次，每一口都令人期待下一秒麵包在嘴裡的風味變化。

我沉浸在品嚐麵包中，回過神才察覺，十五分鐘前說要去廁所的帕克，到現在還沒回來。我去尋他，卻發現他已走出設備公司門口，坐在機車上看著車流發呆。

「嘿，帕克，你要走了？」

「喔，對呀，臨時有事。」我們眼睛對視，他的眼睛閃過一絲不確定，「騙你的。」

此時的帕克是一頭內心驚慌的鹿，風裡只要有一點點不對勁的氣味，就會跑進森林深處。鹿嗅聞一會，發現沒有什麼可怕，才又開口：「做歐式麵包的師傅，我們以前很要好，一起在麵包店當學徒，一起晉升為師傅，然後，說好有天要一起參加世界盃麵包大賽。」

「可是當日子一天天過去，我發現自己的才能已經達到極限，他卻沒有，他永遠都可以進步、突破。爲什麼我們花費一樣時間、一樣努力，我卻只能站在原地呢？」

這不是我能隨便安慰回答的問題。

「他被選入了比賽團隊，懇求教練也讓我加入，但測驗會上我把一切都搞砸了。溫度不對、酵母不對、口感不對，我甚至大發脾氣，把所有麵包都揉爛扔在地上。」

這情節連我聽了都覺得大事不妙，忍不住深吸一口氣。

「我轉身就走，沒有收拾，沒有再去麵包店，也沒有再跟他聯絡。這樣大概算是逃走吧。就像我現在想做的，騎上機車，把你一個人丟在這裡。」

「那你為什麼要來參加講習會？」

「我想知道他又進步到什麼程度了，我想知道獲得世界麵包大賽的麵包吃起來的味道。但我不應該知道的。」他低頭踢開小石子，「對不起，安群，我還是先走好了。」

帕克走了，我回到講習會，待到最後一刻。帕克的故事深深撼動我，他最後說的話也在我腦裡揮散不去。

「我以為人生找到夢想後，以那個為目標往前走，終究會走到。但不是這樣的，世界不是這樣運轉的，那一條路不是直線，而是曲折到會讓人迷路。」

那位歐式麵包師傅在帕克走後，很明顯的，不斷朝這個空位看過來，彷彿在向森林詢問那隻鹿去了哪。我知道，他還深深記得帕克。

18

如同二十四節氣的大雪，十二月中旬的京都，連著幾日大雪紛飛，在戶外待個幾分鐘，兩個肩頭上都能堆起小雪堆，全身也會凍到連骨頭都結冰似的。京都人在這樣的日子裡，照樣不畏風雪來繫春堂購買和菓子。每位客人進來，都會先對今日雪況評論一番，驚訝表示今年雪下得特別大，接著對玻璃櫃裡聖誕節系列的和菓子，發出「好可愛」的驚嘆。

繫春堂推出的三款聖誕和菓子，分別是：高橋以森綠色金團堆疊成三角錐狀，再點綴上各色小圓粒的「聖誕樹」；加藤使用山藥泥、砂糖、米粉做成的薯蕷饅頭，上頭放了一顆搓圓的小紅鼻子，又以金屬籤烙上鹿角，變成模樣可愛的「馴鹿」；吉田則用豆沙塑形，變出一頂頂聖誕老公公的「聖誕帽」。

雖然櫃子裡還看不見十二月月菓會上笑美子做的「聖誕鈴」，但我知道她就快獲得今西老闆認同了。那款聖誕鈴有點像哆啦A夢的鈴鐺，彷彿真的能發出清脆鈴聲，而包在裡頭的柚子餡，香氣濃郁口感清爽，吃起來就像聖誕節清晨般愉快。大野師傅對它頻頻稱讚，今西老闆也說：「終於有一點笑美子自己的味道了。」

「徐桑，今天賣得如何呢？」有別人在，笑美子依舊這樣稱呼我。她剛從學校回來，還未拍掉身上的雪，便急著問銷售狀況。

我用手比出一個圓圈，「全部賣完了，每一款都完售！」

「這樣就可以開心參加忘年會了！」加藤也忍不住歡呼，畢竟上生菓子都是當天現做，絕不隔夜販售，如果有賣剩的，孤伶伶的樣子也會刺痛師傅們的心，好似他們與和菓子都被遺棄了。啊，忘年會，想起這件事，我加快收拾用具的速度。

繁春堂的忘年會辦在當地知名京料理老店，走進傳統京町屋，穿越幾座坪庭後，來到榻榻米包廂，裡頭的拉門上半糊和紙、下半是玻璃，是能欣賞到庭園雪景的雪見障子。

待大家坐好，今西老闆率先開口：「感謝大家，一整年辛苦了！繁春堂雖然已經超過一百五十歲，什麼大風大雨沒見過，但是每一年依舊走得險峻，未來還拜託大家一起守護它！」

接著是大野師傅：「今年很有趣，多了來自台灣的安群君，笑美子也開始在店裡學習。繁春堂有你們這樣的年輕人，值得期待！讓我們一起爲繁春堂的未來乾杯！」

所有人紛紛舉杯，大喊乾杯，象徵宴會正式開始。

一道道上來的京料理，每一盤都如和菓子，在小小盤子裡呈現了京都的顏色與四季。加藤說，醃漬紅蕪菁是京都特色開胃小菜，而天氣冷只要喝一碗與野菜一起燉煮的湯豆腐，絕對能暖身暖心。至於我從沒見過的燉煮南瓜紅豆，叫作Itoko煮，想不到南瓜與紅豆的味道搭起來十分平衡。最令人驚艷的，無非是比臉還大的螃蟹，紅色蟹殼上灑了不明白粉，宛如螃蟹才剛爬過雪地，很有冬天的氣氛。

等同於台灣尾牙的日本忘年會，其實兩者有一處特別不同，這裡更在乎的是主管與下屬可以放下階級關係，自由交流。這可能是一年裡難得可以暢所欲言的時刻，就算加藤失禮地與今西老闆頂嘴，過了一晚，也沒有人在意。

我來到今西夫婦旁邊，「這幾個月眞的非常感謝你們的照顧，願意破例雇用我這個外國人。」

「安群君，我們也很謝謝你喔，多虧有你，外國客人多了很多呢，特別是台灣人。對吧？」今西太太向她的丈夫尋求附和，今西老闆依舊酷酷的，只點點頭。她接著說：

「一想到明年你要回台灣，笑美子四月也要去東京製菓學校讀書，就覺得很寂寞呢。」

坐在今西太太旁邊的笑美子，表情驚訝：「徐桑明年就要回台灣了嗎？」

「是呀，工作簽證只有一年，安群君六月就必須回台灣了呢。哎呀，安群君，我記得你說冬天要去北海道、春天去東京吧！你怎麼沒去北海道呢？」

我搔搔頭，「啊，就突然不想去了。」

今西太太聽我這麼說，溫柔地笑了，「年輕眞好呀，可以任性決定自己的方向。」不知從哪裡冒出的加藤，攬著我的同時又把我擠出座位，逼得我也只能擠向笑美子，混亂中，我的手就放在笑美子的手上。

「今西太太妳聽我說，眞的會很寂寞呢！安群君啊，已經是我的好朋友了，不然整天跟不說話的高橋一起做事，都要變成石頭了。」加藤大概是喝醉了，比平常更加胡言亂語。

後來他說了什麼，我都聽不進去了，因爲笑美子用微小而悲傷的聲音說：「明年忘年會就看不見徐桑了呢。」或許也因爲我們的手仍交疊在一起。如同那天鴨川上的短暫牽手，笑美子的手依舊是溫溫暖暖的，讓人想放在胸口好好呵護。

「我也不知道妳要去東京。去學和菓子嗎？」

她點點頭。

啊，爲什麼我從來沒想過這個問題呢，明明知道自己總有一天要回台灣，卻從來沒有想過會與笑美子分離，彷彿在京都的日子，每一天都可以無限延續。

我用力握住她的手，她微微顫抖一下，下一秒，她也反過來用力握住我的手。這個瞬間，確立了喜歡彼此的心情，以及不想分離的心情。其他人說話的聲音，都離我們好遠好遠，像極了隔著雪見障子的冬雪，安靜而緩慢，一片片都落在無人之地。

笑美子是否跟我一樣呢？深刻感受到彼此緊緊相握的喜悅與哀傷。

19

再沒幾天，就是中秋節。品芯在餅舖最忙的時候，帶著剛出刊的雜誌來了。所有人都暫時脫下圍裙，在一樓翻閱內容，互相調侃照片上的姿勢與表情，而在店門口拍的大合照，每個人都很滿意。合照裡，第一排是師傅們，叔公站在正中央，黑臉模仿米其林主廚將雙手交疊成ㄩ字型，白兔則是兩手扠腰，第二排的我們就明顯活潑多了，有的比讚，有的比耶，可以感受餅店兩個世代的不同風格，而堅持自己還很年輕的美滿姨，也站在第二排，擺出早期玉女歌手的姿勢。

大家直誇品芯有才華，她的微笑裡亦有自信。早先不願接受採訪的叔公，雜誌出刊後反而在意起來。

「妳說，這些雜誌也會送到台北？」他問。

「對，一百多個通路據點都能看見這本雜誌，有些在國外開店的台灣人也會訂閱，相信對你們的銷售會有幫助。」

「倒也不是銷售的問題……」他說了一半，沒有接下去，似乎想著別件事。

品芯要離開時，我陪她走到門口機車旁，遞上糕餅禮盒。

「這是要給妳的，揚子堂的招牌月餅。」

她直呼不好意思，又急說謝謝，「中秋節趕工肯定很忙吧？最近對糕餅比較有想法了嗎？」

她的問題總是能命中核心，而她的眼神總是能讓人說出眞心話。無論是遲疑或武裝，在她面前都只能輕輕放下。

「先說好，不能笑喔。」如果阿母聽到這件事一定會笑我變了個人，「我想去考烘焙丙級證照。」

從小我最討厭比賽或任何測驗能力的場合，爲了不參加大隊接力，故意跑得很慢；爲了不代表班級參加字音字形比賽，常常假裝忘字；唯獨日文檢定是畢業門檻，我才逼不得已必須拿到。

「這樣很好呀！」品芯不知道我小時候的糗事，語氣裡只有眞心。

這股眞誠，讓我覺得自己可以拋開過去的包袱。而話語在說出前，都只是懸浮的霧，任何一陣風都能將它吹散。就像考丙級證照的計畫，我沒有告訴任何人，似乎還未累積面對它的勇氣。品芯的眞誠，讓原本的迷霧降成了雪，在我眼前鋪成白茫茫風景，眞實了起來，卻也有關路的艱難。

我點點頭，迎向她的笑容，也不自覺地笑了。

回到揚子堂工作區，師傅沉默地趕工，瀰漫空間的是綠豆椪的肉餡鹹、蛋黃酥的紅豆甜，這些香氣彼此角力，想要爭得顧客喜愛。在我對面的叔公，正爲蛋黃酥包入裹上紅豆餡的鹹鴨蛋，他速度極快，就算閉上眼睛，手大概也會自己動起來，完全不像左手少了小拇指。相較於我，縱使已在揚子堂待了超過半年，油皮包油酥、捲收又擀開的過程，偶爾還是會出現被車輾過的落漆情況。

「你在這習慣了沒？」叔公說話的時候，手的速度沒有慢下半分。

「嗯，還可以。」已經習慣被罵、被燙傷，還有全身肌肉痠痛。然而，這裡的誰不是呢？連黑臉都爲了炒肉餡，教帕克幫他在摸不到的背部貼上涼感貼布。

「帕克上次去講習會發生什麼事？失魂失魂的。」

我一時之間也不知怎麼回答，只說：「他遇到以前的朋友，是得獎師傅，可能有點羨慕吧。」叔公只嗯一聲，大概又過了十顆蛋黃酥的時間，我才問爲什麼上次要我也去講習會。

「多去看看別人在做什麼，對你有幫助。有些事情，光用想的，想不出來。」無論是帕克的失落，還是我的茫然，似乎在叔公眼裡都無法隱藏。

無話可說，只能凝視那柔軟的麥黃酥皮，專注在油皮包油酥的重複動作上。我想起笑美子生怕把和菓子捏壞而溫柔的手，想起加藤低頭攪拌豆沙的眼神，想起獲獎麵包師傅揉麵糰揚起的麵粉，想起品芯訪談時的奕奕神情，也想起帕克說起往事的陰鬱語氣。但，那都是他們自身的故事。

「叔公，我想要考丙級證照。你覺得好嗎？」

他停下半秒，最後說：「你想，就去做。」

前面路途白雪茫茫，叔公任命了阿原，成為與我一起剷雪的人。為什麼是阿原，我也不知道，我對個性奇怪的阿原了解不深，但叔公的安排自有道理，我是這麼相信的。

阿原到底有多奇怪？

如果黑臉的黑瘦等級是M號，阿原大概是S號，更加瘦長，也更加精實，宛如肌肉間沒有長脂肪的空隙。他的話語也是乾瘦的，每一句話都可以五個字內解決，沒有跟你在囉嗦或聊天的。跟他講話常常會一頭霧水，或是比手畫腳才能猜出眞正意思。比這個更奇怪的，他偶爾會露出意味不明的微笑，彷彿腦內有人拉了張板凳、好整以暇地講笑話給他聽。

雖然他異於常人，做事卻十分可靠。前幾天帕克不小心按錯烤箱定時器，整整多按了二十分鐘，阿原倚靠他的內建時鐘，準時救了一批綠豆椪，讓它們免於烤焦命運。這就是阿原，頂多說他怪怪的，但沒有人因此討厭他。

只是，惜字如金的他，要怎麼幫我這個門外漢，取得烘焙證照呢？

中秋過後，揚子堂休息了一個星期，再次開工當日，就是特訓的開始。我先謝謝阿原願意花時間幫忙，他點點頭，面無表情地說：「考試，不難。只要學會，八種。」

這八種依據餅皮分爲兩個項目，「酥油皮麵食」的蛋黃酥、菊花酥、綠豆椪、蘇式豆沙月餅，「糕漿皮麵食」的桃酥、台式豆沙月餅、廣式月餅、鳳梨酥，而考試是透過抽籤，從這兩個項目各抽一種。因此的確如阿原說的，只要將這八種糕餅的製作流程摸熟就能過關。但又不只如此，還有現場製作、塡寫報告表、學科考試等關卡。

回到最基本的，什麼是菊花酥，我聽都沒聽過。菊花酥據說是古代宮廷點心，裡面包紅豆餡，外型是一朵擁有十二花瓣的菊花。

「攪，皮，酥，合，擀，擀，餡，切，翻，刷，烤。」阿原用自創的字訣示範給我看，做出來的菊花瓣，每片都大小一致，呈完美放射狀。

突然我明白爲何叔公指定阿原，因爲他不只動作到位、過程流暢，更重要的是他發明的字訣！像是廣式月餅，他也濃縮成十字：「攪，醒，攪，皮，餡，合，模，烤，刷，烤。」對我這個學徒來說，如此便能時常複習步驟，大有幫助！

我們兩個人在工作區彷彿是魔法師與學徒，不斷喊著皮、餡、合、烤等謎樣字眼，黑臉往往想說些什麼，卻又搔搔頭走出去，白兔則是笑咪咪走進來，又笑咪咪離開，而帕克呢，向來樂於幫助我的帕克，一反常態，盡可能迴避這裡。想要與他談談，一下班他卻像泥鰍溜走。

我與阿原總是練習到外頭天色已暗，落日餘暉慢慢沉澱爲靛藍，才在這樣的魔幻光線裡收拾器具。

「欸，阿原，你爲什麼想學糕餅？」

「喜歡。」他只說了這兩個字，力量之大，讓我慚愧這麼問。喜歡，就是喜歡，不需要任何理由，不是薪水、不是成就，也無關未來，就只是喜歡而已。

難怪沒有人能夠討厭阿原。我甚至開始尊敬他了。

在阿原特訓下，我在十一月已經將八種糕餅都熟悉上手，然而塡寫製作報告表卻卡關，它會影響當天拿取材料的多寡，是考試裡重要的第一步驟。以綠豆椪來說，製作二十個一百一十公克的綠豆椪，油皮、油酥、餡料、肉燥的重量各是多少，而組成油皮的麵粉、糖、油、水又各要多少？

在這個部分，阿原能以閃電速度唸出一連串配方重量，若問他爲什麼，惜字的他實在無法給予幫助。看著滿滿數字和百分比的配方表，使我想起麵包講習會，原來不只是麵包，糕餅也講究數字。已經將數字內化成手感的黑臉和白兔，大概也說不明白，如今能幫我的，只有帕克了。

「嘿，帕克，你能教我，這個怎麼算嗎？」既然帕克故意閃避，那麼我也只剩強硬將報告表遞到他眼前這個作法。

他先是一愣，也不好忽視我，提點了：「先以一百一十公克算出各部分的比例，乘以二十顆，然後再依據油皮比例，精算原物料的重量，其實就是簡單的比例換算而已。

記得，要再加百分之五的耗損。」加減乘除是不難，怎麼思考才是關鍵。帕克一說完，我頓時全部開竅，順利算出綠豆椪的比例表。他又說，其實產品百分比不用記起來，可以寫在紙上帶入考場，只要理解原理就不會有問題。說完他又低著頭想要走。

「帕克，我覺得糕餅和麵包也有很相似的地方呢。不只要計算比例，一場四小時的考試，怎麼安排流程與時間，不都很像那天在麵包講習會看到的那樣嗎？就算只是最基本的考試，對我來說，也跟世界比賽一樣重要。」

他聽了這番話，停下腳步，「是呀，也有很像的地方呢。」他又想了想，最後露出淡淡笑容：「希望你一切順利。」

20

事後回想，那天與笑美子的牽手，應該只有短短幾秒，當下卻像下了一場雪那樣綿長。

這份名爲「喜歡」的心情，一經確立，反而時時刻刻有如針扎。忘年會後，我們之間並沒有任何進展，不是在交往，也不是在曖昧。我們如往常般，工作不交談，擦身而過輕輕點頭，但是私下訊息卻明顯變少。聖誕節爲她買的禮物，沒有送出去，那晚她與朋友參加派對去了。有幾次，也想傳訊息給她，打了幾個字又全部刪掉。

日子就這樣來到日本過年。與台灣不同的是，日本過年是一月，而每年最後一天，十二月三十一日被稱爲「大晦日」，意義與除夕相同。習俗上，大晦日這天要吃蕎麥麵，以求長壽。

身爲異鄉人，沒有家人可以團聚，沒有暖桌可以窩著。我抓了一把零錢，走到租屋處兩條巷道遠的轉角，小小店裡，點了一碗自古就是京都名物的鯡魚蕎麥麵，上頭以青蔥點綴。店內電視正在直播ＮＨＫ紅白歌唱大賽，年輕女子團體又唱又跳，裡面沒有一位團員我叫得出名字。來到日本，我第一次有這種感覺，彷彿再多蕎麥麵入胃，身體仍有某處破洞漏風，如此空虛。

我向來不擅長談戀愛，以往的暗戀總是連一句喜歡都沒說出口便無疾而終。朋友笑我是「不告白主義者」，但怎麼說呢，我只是一想到告白後等待回覆的那個瞬間，宛如身在斷頭台，下一秒很有可能大刀一落，四分五裂，便只想安安靜靜的，不願掙扎，也不願努力。那種傷痛太大，若從頭至尾都在陰暗角落，我還有把握可以用白膠將裂痕慢慢補起來，不被人察覺。不被人察覺的傷痛，就等同不存在了吧？我是這樣想的。那麼這次也這樣吧，喜歡就讓大雪覆蓋，再也無法分辨。

偏偏，笑美子這時候傳來訊息。

「安群君，初詣你有安排了嗎？要不要一起去野宮神社參拜呢？」我愣愣讀著，想著要回有約了還是沒有。猶豫時間過長，她又傳來：「在忙嗎？那先不打擾你。」

手自己動起來，趕緊用文字將她留下：「我在吃鯡魚蕎麥麵。」

「我們也是！」她附上一張今西家窩在暖桌裡的照片。難得可以看見今西老闆放鬆喝酒、滿臉通紅的樣子，今西太太則是一如往常的優雅，手裡拿著撥到一半的橘子。

「安群君，明天要一起去初詣嗎？」她又問，似乎殷殷期盼。

「好啊。」最後我不爭氣地答應，心又多了幾道裂痕，往情感最濃烈處裂去。

初詣，新年的第一次參拜。一大早，日本各地神社都會擁入大量參拜民眾，而笑美子選的野宮神社，位於京都西邊、嵐山附近，相較於伏見稻荷大社、八坂神社或平安神宮，人潮較少。

前往野宮神社的路上，我們並肩走在保有原始寧靜氣息的青綠竹林道上。一如日本女孩最喜愛的初詣裝扮，笑美子也是一襲和服，以朱紅色爲底，從裙襬到上身都開滿淡粉櫻花，搭配金黃腰帶、白毛圍巾，既有大小姐的雍容氣勢，又有年輕女孩的活潑。縱使一整條竹林小徑都是呵呵嘻笑的和服少女，笑美子的氣質在人群中仍是最溫柔耀眼的春光，令人無法直視。

經過全日本唯一的黑木鳥居，人流往特定方向收攏，開始循動線排隊，等候參拜。當她得知我們日文系必讀《源氏物語》，語氣興奮地說：「野宮神社就是六條御息所與光源氏道別之地！」

《源氏物語》以平安時期爲背景，描述如光燦爛美好的美男子光源氏，與諸多女子相愛、分離、糾纏的故事。六條御息所在書裡是貴婦中的貴婦，成爲小她八歲的光源氏的情婦後，忌妒與自尊讓她痛苦不堪，甚至靈魂出竅殺害了光源氏的正室。最後，她在這裡堅決地與光源氏分手，從愛裡解脫。

「父親曾經製作象徵六條御息所的和菓子，暗紫色牡丹上獨留一顆淚珠，深受有錢太太們的喜愛呢。」

萬萬沒想到連《源氏物語》都能做成和菓子，引得我接著問：「那笑美子呢？妳最想幫哪位人物做和菓子？」是光源氏一手調教的女主人，溫柔堅毅的紫之上？還是流放須磨後，遇見的清明溫婉的明石之君呢？

「朧月夜，我最喜歡朧月夜。」她說這話的眼神，迸發出不一樣的光亮，是我從沒見過的。

原要作爲東宮妃子的朧月夜，在花宴之夜與光源氏生情幽會，光源氏因此被流放至須磨作爲懲罰，縱使日後兩人有機會相守，朧月夜卻決意出家，果斷堅決。

「我崇拜她，愛可以愛到目無他人，斷又能乾乾淨淨、毫無後悔。如果是和菓子，比起月夜朦朧的意象，一半艷紅一半艷紫的薔薇，更能表現她愛恨分明的個性吧。」她對於自己過度肯定的語氣，突然害羞起來，換了另一個話題。

原不多想的我，在參拜時、在喝甜米酒時、在將寫有凶字的籤紙綁起來時，莫名的，那番話遲遲不散。

野宮神社人潮越來越滿，我和笑美子已經肩貼著肩行走。爲了避免她被人群碰撞，我的手繞過她背後、放在她右手臂上，幾乎要把她攬進懷裡。她的臉頰起了緋紅。我們就這樣，被人流簇擁，彷彿再也不被分開。

「笑美子？」迎面而來的是高橋，他竟不喚她大小姐。

這一聲呼喚，如一把刀，瞬間切開我和笑美子。我收回右手，頓時感到冰涼。

高橋的視線來回在我們身上，沉默後他再次開口是要身旁女孩去拿甜米酒。女孩走後，他說：「你們一起來參拜？單獨兩個人？」

我不喜歡高橋的口氣。這並沒有向他報告的必要。原本想回嘴，卻瞥見笑美子臉上浮現的，除了尷尬，還有些微恐懼。她爲什麼要害怕高橋呢？下意識，我換了態度，故作輕鬆：「對，大小姐聽說我讀過《源氏物語》，卻沒來過野宮神社很可惜，才帶我來的。」

「《源氏物語》呀……」高橋凝視著我，語氣猶疑，眼見笑美子完全沒有要回應，只是一臉鐵青低頭望向地面，他似乎也不想再追究，只微微欠身，淡淡說了：「我知道了。新年快樂。」

高橋走後，笑美子只說了：「我想趕快回家。」

回程路上，她不再說話，視線也極力避免與我對視。笑美子變得比冰還安靜。

21

黑臉說，既然要考，就要當天見分曉才刺激。所以我丙級證照報考的是「即測即評」，當天學科、術科考完，馬上能知道成績，及格便能當場領證照。

相較於以前升學考試的漫不經心，這次丙級考試我異常緊張，焦慮甚至顯現在夢裡。我夢見阿原說溫度不對，幫忙調高烤箱溫度，出來一盤烏黑烤焦的東西。我夢見白兔偷偷吃掉我的兩塊月餅，導致繳交數量不足。更多時候，連在夢裡我都努力做餅，肌肉痠痛於睡眠時仍不停累積。

縱使內心忐忑，上午完成學科考試後，已經平靜下來。下午術科考試，抽出的題目組合是菊花酥與台式豆沙月餅。步驟，我記得的，沒問題。首先，先計算這兩種糕餅的原料重量，進入考場後，沒有忘記阿原再三叮嚀的，先預熱烤箱，才開始拿取材料和製作油皮油酥。因爲時間關係，兩項產品步驟必須交錯進行，如此來來往往，最怕步驟錯亂，因此我常常默唸阿原強而有力的字訣，同時想起他似乎在說「我沒有在跟你開玩笑」的認眞表情。

正覺得十分順利時，我發現試場烤箱品牌與揚子堂的不同，火力特別強大，若照原本的烘烤時間，菊花酥鐵定烤焦。我只好每三分鐘去查看烤箱，大大影響了原本的順暢流程。沒事的，穩住，徐安群。

好不容易，糕餅完好無缺的出爐後，我一邊等待糕餅降溫，一邊整理檯面，過程中的乾淨整潔也是評分項目，不能馬虎。最後，最後，將烤色極佳的糕餅上繳給評審時，內心湧現了這輩子最大的成就感。

走出考場，四小時恍如隔世，從充滿烤箱溫度的室內走到戶外，頓時被十二月的冰冷空氣喚醒。我拿著成績單，思緒有點迷茫。

品芯打電話來，她沒問結果，只說：「走，去喝茶。」

來到南屯老街，祭拜媽祖的百年宮廟離這裡不遠。約好的午茶店是古宅改建，裡頭保留了古厝格局又帶點現代工業風格。品芯坐在落地窗旁的位置，正低頭翻閱雜誌，微捲的髮尾被窗外流瀉近來的風吹得輕輕擺動。

我坐下，低聲說：「這好像是一家糕餅店？」

她也低聲回應：「你說對了！這裡是金香餅舖開的台式下午茶店。」

拿起紙筆，她畫出南屯老街的大概方位，標上台中、彰化、媽祖廟、街道。她說，台中糕餅地緣除了中區、豐原、大甲外，南屯老街也是重要之地。南屯古名「犁頭店」，是清朝時期周邊貿易的中繼站，後又因南屯地區獲得麵粉配給，製麵與糕餅產業便發達起來。而金香餅舖自一八六〇年代成立至今，眼見糕餅店一家家關閉，它仍歷久不衰，成爲老街重要指標。

「『百年老店』這個招牌可不好扛，新的時代要有新的作法。你看，就是這裡了，多像咖啡廳呀？這也是他們不斷嘗試出來的結果。」她時而抬頭端詳紅磚牆柱，時而望向窗外百年街道，「希望能讓你在思考揚子堂的時候，多一點其他可能。」

我其實是很感動的。感動她將我的煩惱放在心上，感動她爲我尋找了更多的可能性。這突如其來的感動，弄得我有些不自在，我低頭翻菜單，驚訝發現有這麼多種台式下午茶組合，有肉餅、狀元糕、麻粩、收涎餅，搭配的飲品可能是台灣茶、拿鐵或是傳統麵茶，部分產品還加入台中特有的「麻芛」。

在好奇心慫恿下，我點了麻芛拿鐵搭麻芛戚風的組合。餐點上來時，淺綠色外觀，看起來極像抹茶。麻芛戚風蛋糕微甜接著微苦，味覺便平衡了，而麻芛拿鐵濃濃奶泡下，有一種很大人感的苦味，是畫龍點睛的鮮明。

她笑著問：「你喜歡麻芛？傳說中的道地台中人。我也是台中人，但不怎麼喜歡麻芛湯黏黏滑滑的苦味。」

「從小吃習慣了。」我想起夏天餐桌上，阿母總會準備一鍋從市場買來的麻芛地瓜湯。現代人很少自己揉麻芛，麻煩又費工。

品芯點的狀元糕套餐裡，有一項糕餅，我連名字都不會唸。四方形，粉粉的，白白的，上頭有模具壓出的花紋圖樣。口感比日本乾菓子鬆軟，入口即化，鹹鹹又甜甜。

「餞龜糕，熟糯米粉加一點芝麻，老一輩會說鹹仔糕，以前拿來拜天公保平安的。其實，我也是第一次吃。現代人大概只有送禮或中秋節會想起糕餅吧。」她停頓了一會，「眞不可思議，對早期社會那麼重要的事情，現在卻慢慢消失。這麼說起來，日本和菓子流傳了千年，眞的很厲害呢。」

「日本師傅以生命在守護這份驕傲，對他們來說，沒有一件事比和菓子還要重要。」某些話語，冥冥中要在特定時刻湧現，比如說，現在。

我談起繁春堂的每一個人，特別是笑美子，不到二十歲便將人生交付給和菓子的笑美子。幾乎是一股腦的，從踏進繁春堂到離開京都的所有細節，我都說予品芯聽，就像所有溪河最終會流向大海般理所當然。那些故事都波光粼粼。

我不知道自己原本揹負著什麼，但無論是什麼，品芯都像樹洞寬容地傾聽與接收，於是曾經沉重難以回望的，此刻都有了輕盈的可能。

「你一定很喜歡笑美子吧。」唯獨這件事，我沒有明講，沒想到品芯還是聽出來了。她語氣溫柔，似乎還有安慰的意味。

「我們現在是要聊戀愛話題嗎？」

她笑了，「我可以老實告訴你，我沒談過什麼戀愛，我是不告白主義者。」我很驚訝，原以爲她跟我一樣不告白是出於膽怯，她卻說：「我認爲喜歡是一種帶有默契的感情，不用言語也能表達，像是電影裡如果男主角伸出手，女主角毫不遲疑地將手交給他，彼此不就傳達了喜歡嗎？」

「但現實中很少有機會可以自然地伸出手吧？」除非是要渡過鴨川那般寬闊的河。

「我也知道自己有點理想化，所以這種浪漫幻想至今都沒有實現呢。」她低頭喝了一口茶，彷彿在思考遠方。沉默了一會，她又說：「你一定也很羨慕笑美子吧？」

「羨慕？」

「羨慕在生活之外，人生還有值得追尋的方向。」

眉頭皺了又放鬆的那秒，有些事情似乎又多想通了一些。或許我與笑美子對彼此的喜歡，有部分是建立在完全相反的人生上。

想了想，我說：「我也羨慕妳，可以這麼喜歡現在的工作。」

「啊，比起當業務，我眞的比較喜歡採訪。但是，也會有不喜歡的地方，像是受訪者亂改我的稿子。」她扮了鬼臉，「更多時候，我其實是有點害怕的。害怕自己眞的有把別人的故事寫好嗎？有好好展現他們的人生面貌嗎？每次寫完我都會這樣問自己。我害怕辜負了他們對我的信賴。你想想看，要把自己的故事講給陌生人聽，是需要勇氣的吧？」她開始用叉子在狀元糕上戳洞。

「不要擔心。」我試圖安撫她的焦躁，「妳已經做到了。妳有一種讓人願意放心對妳說實話的特質，妳也有寫出好文章的才能。這是我們整個揚子堂都認可的喔。」

或許沒料到我會這麼說，她停頓幾秒，似乎心剛被風拂過，慢慢湧現了微笑。

「那麼，安群，你老實告訴我，你考到丙級證照了嗎？」

我點點頭。下一秒品芯用力拍了我的手臂，並氣質全失地大喊著：「這種事一開始就要說呀！」看見她激動又生氣的模樣，我不自覺地笑了。

22

接下來幾日，我沒有在繁春堂遇見笑美子。聽大野師傅說了才知道，笑美子去東京製菓學校參加入學體驗，並且陪今西太太拜訪幾位東京熟人。

好幾次，我都想傳訊息問她在東京好嗎？爲什麼沒跟我說這件事？然而，爲什麼她應該要告訴我呢？縱使曾經牽著彼此的手，實際上我們沒有任何關係。不是朋友，也不是戀人。只是模糊地靠近，以及不明所以地疏遠。而高橋還是平常孤冷高傲的樣子，只是看見我時似乎又多了點怒氣，因此，如果可以，我盡量不與他接觸，免得管不住想質問他的衝動：「爲什麼你可以直接叫她笑美子？爲什麼笑美子這麼怕你？」

繁春堂近日接了許多寺廟茶會訂單，連續幾日加班下來，加藤嚷著要喝酒。

「難得提早下班，走吧，我們一起去喝一杯如何？偶爾也要培養感情呀？」加藤衝著我和高橋說，他的話語在寒風裡冉起白霧。我瞥了高橋一眼，猜想他應該不會一起來，於是我點點頭，在這凍骨冬天喝點酒聽起來不錯。有喝酒的伴，加藤開心攬上我的脖子。

「好啊。」從背後響起聲音的是高橋，我們都有些愣住。但圓滑如加藤，他也馬上攬住高橋的脖子，開開心心帶我們去他最喜歡的居酒屋。

居酒屋位於河原町一帶，在小小巷子裡亮起紅色燈籠。加藤選了吧檯位置，連菜單也不用看，點了啤酒、生魚片、雞肉串和京都特色小菜，還像主人般招呼我們在他左右坐下。

「喝吧，喝吧，忘記不愉快的事情。」他這麼說，是否察覺了我和高橋的心結？我們在他的指令下，一起乾杯。中年大叔似的，加藤邊吃毛豆邊說起自己的煩惱。原本跟他「友達以上、戀人未滿」的女性友人，最近完全不理他，連訊息也都只回：喔。

「我啊，談過的戀愛不少，可是每次都像沒談過似的，完全搞不懂女生在想什麼！」他彈了彈沒有毛豆的空殼。

「那是你講話太輕浮，她們感受不到你的眞心吧。」高橋冷不防說了這句。

「啊啊，確實有女孩子這樣說過呢！但是，我一直都很眞心呀！是不是我太喜歡笑了？應該要像高橋你一樣，板著臉，就會被認爲很認眞吧！」他喝了一口啤酒，模仿高橋眉眼不動、語調沒有高低的樣子，讓原本有些不自在的我，都忍不住笑出來。高橋哼一聲，沒有辯駁。

他又說：「眞羨慕你呀。她叫愛瑠吧？你們竟然已經交往了八年！」

我回想初詣那天相遇的場景，高橋旁邊的女孩子大概就是愛瑠了吧。這麼說來，高橋看見我和笑美子感到不高興，應該與戀愛無關。那究竟是爲什麼呢？

「安群君呢？你有沒有女朋友？」加藤面向我，滿臉好奇。

我回答沒有。他又接著問，有交過女朋友嗎？我再次回答沒有，他驚訝得連啤酒都噴出來。

「你喜歡男生？」

「不是。」

「你有喜歡過任何人嗎？」

「當然有，廢話。」

「你有告白過嗎？」

「沒有。」

「爲什麼？」

「什麼爲什麼？」

「你爲什麼沒有告白過？你不知道告白是交往的第一步嗎？要踏出第一步才有可能

交到女朋友呀！」

「這我當然知道……」我說不出任何原因。那些喜歡過的女孩，到現在還是能清楚想起她們的模樣。或許太清楚了，她們的眼神總是令我動彈不得，只能傻傻站著，直到她們轉身離開爲止。心痛的同時也鬆了口氣。

「說穿了就是膽小。」高橋滿不在乎地說。「你害怕愛，也害怕受傷。你永遠無法了解在愛裡的人，他們的喜悅與折磨。被你喜歡的人，實在太可憐了。」居酒屋裡上百句談話聲都蓋不過高橋這番話，清清楚楚，一字不漏，刺進我心裡。

「不對！」這是當下浮現腦海的詞彙，「我有努力要靠近她，可是她總是一眨眼又跑得好遠……」

加藤一臉你終於承認的表情，「啊！你果然還是有在意的人嘛！是誰？」

「你做了什麼努力呢？你有辦法爲了她放棄台灣、放棄自己的一切，留在日本嗎？」高橋說的每一句，我都無法反駁，強大的沉默吞噬了所有聲音，連加藤直問是誰的問句都只能被忽略。

「那麼，你不應該靠近她，如果連這一點決心都沒有。」高橋站起來穿上大衣，丟下這句話。「先回去了。」

這尷尬氣氛連加藤也無法輕易化解。剩下我和他，他刻意轉換話題也無法再激起我說話的慾望。又坐了一會，最後加藤貼心地說：「下次再一起喝酒，先回家休息吧。」

被他這麼一說，疲累反而更加鮮明，從腳底蔓延上來，緊緊籠罩我。

23

我做了一個夢。夢裡，我回到鴨川，笑美子在我身旁向河裡投小石子，小石子濺起的水花，變成一朵朵顏色豔麗的花。我說：**笑美子妳看！**笑美子卻在風吹過的瞬間，散落成櫻花，往海的方向飄飛，綿延成花的河流。**安群，沒事的，你正走在追尋的路上。**我回頭看，說這話的是品芯，她的眼眸裡有無垠草原，折射耀眼陽光。

醒來時，窗外日光晃得刺眼。手機亮起數則留言提醒。自從我將做餅和考丙級證照的事情寫在「流浪者日誌」後，留言數日漸增加，不少留言者是對烘焙有興趣的學生。回覆這些留言時，我總有一種感覺，好像自己正在建造橋梁或道路，讓走在後頭的人可以一路平穩些。

還沒來得及全部回覆完，又來一則手機訊息。**早安**，這是品芯傳來的，順便附上「餅季」的資訊。**早安，謝謝**，我回。我沒有跟她說，剛剛夢見了她。

餅季，每年都辦在公園裡，當日總是擠滿糕餅攤位與消費人潮。然而，揚子堂從來沒有參加過。

一進到揚子堂，我便向叔公說起餅季臨時有人退攤，趁這個機會我們要不要去擺攤？他自然沒這麼簡單答應，認為麻煩又浪費時間，何況店裡要賣、攤位那裡也要賣，產品製程、數量、價格也都要考量。

「重要的是，店裡師傅願不願意參加。」他最後如此說。

叔公說的對，一大早進場、一整天顧攤叫賣、結束還要收拾整理，更不用說為了參加擺攤，勢必要額外製作一定數量糕餅來販售，對於所有師傅來說都會增加工作量。

我決定先問好人白兔。他在鏡子前很仔細地拉平繡有兔子的白色圍裙，笑笑說：「抱歉啊安群，我那天休假，答應要帶女兒出去玩。」

湊巧聽到我們談話的黑臉，見我正準備向他開口，給我一個招牌巴頭動作，「免談！我不可能跟你去的啦！美滿也不可能！我們顧好店就阿彌陀佛，擺攤這種事喔，要讓年輕人去歷練！」我並不期待黑臉答應，但還沒開口便被回絕，還是有點失落。

黑臉這時又走回來，「你們若決定要去，看要準備多少餅，我再安排進去。有聽懂厚？總不能讓人客買不到東西吧！」黑臉就是這樣，刀子嘴豆腐心。有他做後盾，生產數量就不用擔心了。

受到鼓舞，我馬上跑去找阿原，準備好用一大串說詞說服他！我才剛試探性問下星期六要不要一起去擺攤，正專心操作攪拌機的他竟然馬上說：「好。」

「欸欸，阿原，我連地點在哪都沒說，你就說好喔？」

「好，就是好。你去，我去。」原來阿原內心也有這種熱血情誼，他試圖微笑所勾起的嘴角怪得可愛。

接下來，就是帕克了。帕克，是所有師傅中令我最感遲疑的。他依舊友善，但是如同馴鹿一般，他也有自己的尖銳鹿角。我走過去，將餅季仔仔細細說了一遍，殊不知他邊分割麵糰邊毫不猶豫地說：「好呀，聽起來很好玩。」

「你眞的這麼覺得？」

「眞的呀。別看我這樣，我或許還滿擅長賣東西的呢。」看著他溫柔中參雜滄桑的帥氣微笑，我並不懷疑。

於是，揚子堂的餅季團隊，就決定是我、阿原和帕克了。

一個個攤位紅帳篷宛如接龍，蜿蜒在公園小路上。上午九點，我們推著滿載糕餅的推車，尋找揚子堂的攤位。鋪上紅桌巾，我們將每種產品都疊個幾盒於檯面上，其餘產品堆疊在攤位最後方。工作分配是這樣的：我負責在路上提供試吃品來吸引消費者，直接走到攤位前的消費者交由帕克介紹產品，最後由話少、算術快的阿原結帳，完全符合每個人的專長與個性。

冬日周末，人們醒得晚，十一點才慢慢出現人潮，零零散散，似乎只是路過。這時活動工作人員一攤攤通知，舞台區會有熱場促銷節目，有興趣的攤位可以準備促銷產品。在攤位發呆也只是發呆，我決定帶六盒糕餅去促銷看看。

只見舞台區已經聚集不少人潮，正在觀賞熱舞表演。現場音樂過於大聲，我讀不懂工作人員的唇語，最後她幾乎是用吼的：「揚子堂，六盒，買一送一促銷可以嗎？」

揚子堂十二入太陽餅，一盒三百六十元，一片三十元，買一送一的話，一片變成十五元。這一片太陽餅，經過我、帕克、阿原、白兔、黑臉的手，經過手揉、整型、包餡、烘烤、包裝，最後回到我們手上，只有十五元。

我試圖跟她解釋，如果這樣賣老闆可能會不高興，攤位那邊是打八折，不然這裡能不能打七折就好。但音樂壓過每一個字，令她表情困惑。於是我點點頭，比出ＯＫ手勢，她瞬間露出聽懂了的表情，收下禮盒，定案。

來這裡之前，叔公說了，怎麼賣由我負責，他不會有意見。但我總覺得有股說不出的失落。等待上舞台的期間，我一直在思索這件事。直到觀眾群裡出現一個熟悉身影，才轉移注意力。

那個身影紮著馬尾，側揹鼓鼓的工作包，手拿單眼相機。縱使最靠近舞台的區域已經擠滿電視台記者，架起一個個宛如高牆的大型攝影機，她還是毫無遲疑，一路適時低頭、道歉，擠進最前方，而為避免擋住新聞鏡頭，她以單腳跪姿在第一排等待。我不認識的政府官員上台致詞，她馬上改採半蹲姿勢，記者們也紛紛往前一步，各自捕捉最佳拍攝角度。她無視自己的頭在混亂中被後方攝影機敲到，仍屏息專注地從觀景窗鎖定畫面，彷彿現場只有她與受訪者。迅速地按下幾次快門，她又做回單腳跪姿，只是這次換了另一隻腳蹲下，腿似乎很痠的樣子。這個官員致詞結束又換下一個再換下一個，她只能不斷站起又蹲下，宛如被困在無止盡的時間迴圈。

好不容易，場面話都說完，記者們也失去興趣，各自往不同方向散開。留下她。我想走過去扶她，卻被主持人叫上台，促銷時間開始。台下的她緩緩站起來，與台上的我對視，面露驚喜微笑，用唇語說加油。主持人手拿揚子堂禮盒，以一種吃過上萬次的口氣，說餅吃來香甜濃郁，又說鮮少參加活動的老店現在只要買一送一，不買簡直對不起自己。縱使是叫賣經驗豐富的主持人，面對互動冷淡的觀眾，也才勉勉強強賣出兩組，最後一組怎麼樣也賣不動。

可能尷尬會傳染，我全身僵直，手握著剛剛收到的兩組三百六十元，越扭越緊，手汗都要滲透紙鈔。主持人也慢慢失去鬥志，眼光瞄向工作人員，示意準備換下一個店家。

這時候，有人舉起手。

「啊，好，攝影師小姐就是妳了！成交！」或許路過的人會以爲她想撿便宜，但我和主持人都明白，我們是被拯救了。

舉起手的，是品芯。

回到攤位，帕克與阿原正在吃便當，來探班的黑臉問我說：「你結個屎面是安怎？」我攤開手裡現金，阿原最快算完，說：「一千零八十元。不對。」

黑臉一驚，直說算錯了要把錢討回來，「免驚，我陪你去。」

倒是帕克明了於心，「買一送一吧？舞台促銷的價格總是要誇張點。六盒而已，我們這裡還是照八折賣吧。」

我點點頭，將錢給阿原，說不出買一送一還差點滯銷，最後一組是品芯買去的。黑臉看我們把便當吃完才離開，我們繼續賣餅，特別是我，吆喝得比上午更加賣力，不想放棄經過的每組客人。

人潮像雷陣雨，有一陣沒一陣的。品芯來的時候，我們剛結束一段忙碌期。

「嗨，銷量還好嗎？」她笑著說。從她的微亂髮絲和冒汗額頭，看得出她已經在會場走了好幾圈。她提議趁著現在客人少，可以分批去逛逛，她來幫忙顧攤。這樣不好吧，我們三個說。她倒是已經準備好，重新紮好馬尾，站至第一線。最後決議，帕克和阿原先去。

「妳還好嗎？頭被撞了一下，會不會很痛？」我指的是舞台區的事。

「啊，被你看見了！我們的工作就是這樣囉，有時候還會被攝影大哥很生氣地吼：前面的！蹲下！」她模仿那個口氣，隨後聳聳肩，「腿蹲得很痠倒是真的。」

「剛剛謝謝妳。讓妳破費買了我們的糕餅。」

「徐安群。」她的臉從疑惑轉爲正經，「你這樣說，我就要生氣了。買一送一這麼划算的事，是我賺到耶，剛好買回去請同事吃，也算是有個交代。」如同轉移焦點似的，她拿出單眼說：「要看你在台上的樣子嗎？」她靠得很近，近得可以慢動作解析她眨眼的過程，以及聞到身上散發的淡淡香氣。

「啊，啊，那個，對了。」我猛然退一步，想甩開這種不自在感，翻箱找出單片太陽餅遞給她，「這是我練習時做的太陽餅，妳吃吃看。」

「從頭到尾都是你自己做的？」她咬了一口，邊咀嚼邊思考，過了好久才說：「吃起來好像跟原本揚子堂的不太一樣，啊，但也不是不好吃啦。我這樣說你會不會傷心？」我搖搖頭。縱使通過烘焙丙級，也明白自己做的太陽餅只是勉強及格而已，與師傅們的不能比。

阿原與帕克回來時，白兔也剛好來到攤位，帶著老婆和女兒。

「我女兒吵著要來。」白兔女兒才國小，戴著極厚鏡片的眼鏡，正跟阿原雞同鴨講，「想說天氣熱，買飲料來探班，免得被你們說無情。啊，拍謝，不知道陳記者妳也在。」

「我的給品芯就好。來。」雖然品芯直說不用，我還是塞進她手裡。

「對啦安群，對待女生就是要這麼體貼。」白兔意有所指，他老婆咳了一聲，聲量不大不小，剛好讓白兔想起要帶妻女去百貨公司的約定。他們走後，品芯表示自己也差不多該走了。

「這樣呀。」我口氣裡的惋惜令她抬頭，下意識的，我移開了視線，「那、那妳回家路上小心。」她祝我們順利，轉身離開時，我才敢再凝望她，直到遙遠地再也看不見爲止。

我、帕克、阿原的任務還未結束，糕餅數量還剩三分之一。負責提供試吃品的我，開始連小朋友也不放過。期間我聽見一對夫妻用日文交談，我馬上以日文請他們試吃，他們一聽是熟悉語言，瞬間拉近距離，成交三盒糕餅，最後我以九十度鞠躬恭送他們離開。回神時發現，帕克正以流暢英文向外國客人說明，他們也開心買了五盒。比起土生土長的台灣鄉親，傳統糕餅似乎對外國客人更有吸引力。

眼見下午銷售量大幅提升，預期將以這樣的速度完售，沒想到剩下零星幾盒依舊留在桌上。

夕陽的橘紅已慢慢布滿天際，人潮也慢慢消散，店家紛紛開始收拾整理，而我們爲了剩餘的糕餅仍堅持在這裡。

「其實我們也不用全部賣完。」帕克聲音有些沙啞。

「但是我很想要賣完。」我說。他們理解似地點點頭，再次從身體裡擠出力氣。

一位挽著名牌包的婦人走來，手裡拿著雜誌，看看攤位牌，又看看手上書頁，「啊，你們是揚子堂吧？總算給我找到了。」

我們三人全部站起來，仔細一看，她手裡雜誌就是品芯負責的那本！倏地，我們全部講不出話，只斷斷續續接收婦人的話語：「我在台北看到這雜誌，就很想嚐嚐你們的糕餅。剛好來台中，沒想到這麼巧今天有活動，爲了找你們，我繞了好幾圈！欸欸，你們該不會都賣完了吧？就剩桌上這幾盒？好啦，好啦，我全買了，算我便宜點吧！我可是從台北來的呀。」剩餘禮盒，我們以「貴賓價」七折售出，並幫忙婦人把大包小包的禮盒放上她的名車。

有些記憶濃郁得在發生當下便明白，一輩子不會被遺忘。例如，目送貴婦的艷紅名車離開後，我們三個人發瘋似地大吼大叫，又是擊掌，又是拍背，完全無視路人的鄙視目光，深深沉醉在黃昏光線下。

24

在工作區與笑美子迎面撞上時，才知道她從東京回來了。

「笑美……大小姐，在東京好嗎？」

「都很好。」她牽動嘴角，試圖展現微笑。沉默幾秒後，她才又邁開腳步。

「笑美子！」我對自己的魯莽感到尷尬，小聲說完下一句，「我們可以聊聊嗎？明天三點在鴨川？」

想了許久，她點點頭，走進工作區。鬆一口氣的我，在走廊平復心情。此時，加藤從工作區走來，拽著我的手臂，把我一路拉到繁春堂外頭的小巷。從他走來走去又不停搔頭嘆氣的行爲來看，似乎情緒煩躁。

冬夜寒氣讓全身雞皮疙瘩都立了起來，我邊搓手臂邊問他，「怎麼了？」

「怎麼了？你問我怎麼了？」他欲言又止，彷彿在上演戲劇化的人格分裂，「好，我問你，我剛剛不小心聽到你們的對話，我在想，你喜歡的人該不會是大小姐吧？」

我並不想欺騙加藤，卻也不願回答，只好低頭。

「眞的是？你不能喜歡她呀！」他雙手抱頭，表情崩潰。

「爲什麼？因爲她是高高在上的大小姐？」

「對！但也不只是因爲這樣！啊，我終於知道那天高橋爲什麼那麼生氣了！」他恍然大悟，倒是我一點也不明白。他雙手緊緊抓住我的雙臂，「你聽我說，我接下來講的話，你可能會受到打擊，但是，那也是無可奈何的事，知道嗎？」

他吸了一口氣，才接著說：「大小姐是有婚約的！她的對象就是高橋的弟弟！兩家說好，等他從東京製菓學校畢業後，就要入贅，與大小姐一起繼承繁春堂。」

我沒有聽懂。加藤後來自言自語說的那些，我也沒有聽懂。慢慢撥掉加藤的手後，我全身頓時失去力氣。回憶突然變成幻燈片，一片一片打在腦海，越來越快，越來越快，我想暫停，它倏地停在居酒屋那天，高橋說，**你有辦法爲了她放棄台灣、放棄自己的一切，留在日本嗎？**

「爲什麼……高橋那天不說？」

「你不要以爲高橋平常不笑，骨子裡就是冷酷的人，他呀，他一定是不忍心告訴你。啊啊，這麼說來，我才是最殘酷的人嗎？」

蹲在地上抱頭的加藤，被路燈照亮，其餘地方放眼望去一片漆暗。那種漆暗，是無論怎麼大聲呼喊也不會有回音的空無。

原來春天來臨前的冬夜，也能如此冷冽。

鴨川如往常每一日，溪水平靜彎流，流過岸邊的岩，流過比水高的草，而魚並不跟著河的腳步，牠的一生都靠游泳來對抗被河水推往大海的命運。如此，爲什麼會有人說魚是悠閒的呢？

笑美子來之前，我胡亂想著這些事。

準時出現的她，同我在河岸坐下，沒有說話，而我也思緒空白。兩個人只是望著河水。原本，我是打算向她告白的。得知她有婚約，這些話似乎說不出口了。她是百年繁春堂的唯一繼承人，命運或許從一出生便決定好，那不是隨隨便便出現的人說一句喜歡就能解開的枷鎖。看來我人生第一次的告白，話未說出已註定失敗。

「如果沒有什麼要說的，我先走了。」笑美子站起來。

不用看，我也知道，她必是用眼角餘光偷看，見我沒有任何反應，最後心冷轉身，背影像水氣聚集的雨雲。每個離開我的女孩，都是那樣的背影。我忘不了。慢慢遠去的腳步聲牽起我，我爬起來，對背影大聲喊：「笑美子！」她整個人瞬間凝結，讓我趕得及走向她。

「加藤都跟我說了，妳有婚約，但我希望這是妳自己告訴我的。」

其實笑美子可以裝傻，說以爲我早就知道，但她的回答十分誠實，「我不知道怎麼開口。」

「你喜歡他嗎？」

「我和小悠很小就認識了。他是很溫柔的人。」

「但這門婚事不是妳願意的吧？是爲了和菓子吧？和菓子眞的那麼重要嗎？」

「對我們家族來說，沒有事情比和菓子更重要。」

「那妳自己呢？妳有這麼喜歡和菓子嗎？」

「我到底喜不喜歡和菓子呢？這個問題，我問了自己上百遍、上千遍。」她緊抿下唇，語聲輕柔似對鴨川喃喃自語，「去了東京製菓學校才知道，我喜歡和菓子，非常喜歡。那些不同於繁春堂的想法、技術與設備，都令我著迷。」

「父親說的對，之前的我確實不夠努力學習和菓子，但是現在的我，不斷湧現『我想要知道更多和菓子的事』這個想法。我也被擁有這個想法的自己給深深感動，感動到晚上睡不著，流著淚覺得這是宇宙給我的使命。」

「安群君，你有過這種感覺嗎？」笑美子眼睛裡有一層薄薄的淚，反射出的光，不再是明滅不定的星火，而是遙遠綿長的星光。她的表情與問句都刺痛了我。我似乎可以預見，笑美子將一輩子追尋那道光，而我一直都是眼裡無光的人。

「笑美子，我喜歡妳。」

我無以回應，只能用力從心裡擰出這句眞心話。這話刺痛了她，也震撼了她，逼她往後退。

「那又如何？你就要回台灣了吧？你打算怎麼做呢？」

「妳願意跟我去台灣嗎？」話一出口，我便知道這個念頭很不實際，彷彿是小孩子的賭氣宣言。

「跟你去台灣，然後呢？」她的眼裡出現一點亮光。

「笑美子不是有很多想去的地方嗎？我們可以走遍整個台灣，然後，然後，我不知道，也許我們可以再一起尋找想要做的事情，無論是什麼，我都會陪妳。」

那個光點瞬間滅了，她又往後退了一步，將視線望向鴨川。

「聽母親說，繁春堂曾經有三度差點延續不下去。第一次是在明治時期，京都發生大火，店舖被燒毀一半。第二次是經歷戰亂，第三次則是祖父猝逝。除了這些，這一百五十年來必定還有許多大大小小的挫折，但繁春堂都撐下來了。雖然我還不成熟，但我不願意因爲自己，讓繁春堂有任何一絲消失的可能。」

「安群君，我要留在京都，你明白嗎？我在你與和菓子之間，選擇了和菓子。」

明白，明白笑美子說的一切。或許在她未說出口前，便已有預感。她肩上揹負的歷史洪流，宛如身後的鴨川，逼得她只能往前涓流。但是，我心裡還有想說的話，想好好地說。

「因爲害怕受傷，我從來不跟任何人說我喜歡她。」

「笑美子，妳是我第一個說出喜歡的人。我不想看見妳離開的背影。我知道自己什麼也做不到，唯一能做的，就是不斷告訴妳，我喜歡妳，笑美子，我喜歡妳。」那些話語像洪水，心只能任憑被沖毀、被擊潰。

「我喜歡妳。」我只是不斷地這麼說，用盡全力。

這大概是我這輩子最努力的一次。但難道我以爲這樣就能留住她、抵擋命運嗎？我心裡清楚，她的答案是不會改變的。

「安群君，對不起。」她離開了。

同時宣告了鴨川凜冬無盡，再也開不出一朵櫻花。

25

「沒有天天在過年的。」這句話是叔公說的。

雖然在餅季那天，我們將所有產品都賣完了，然而，在那之後，才一開春，揚子堂的生意又再度變回毫無生氣的死水。從工作量來看，我們知道銷售量又變少了，但是沒有人說出口。

我在檢查原物料保存期限時，樓下傳來美滿姨的聲音：「安群，下來一下。」

美滿姨和叔公坐在一樓休息區，桌上已經累積一小堆被啃過的瓜子殼，她邊吃邊說，假裝這只是漫不經心的閒聊，「安群呀，我剛剛在跟你叔公討論這個月的銷量，這樣下去可不行，啊你叔公竟然說，不然就把店收起來，唉呦，你也來勸勸他。」

我轉向叔公，瞬間有些緊張，「叔公，真的嗎？你不要這麼快下決定啦！」

他只喝茶，沒有說話。美滿姨趁這個縫隙，又把話接回來：「對呀，這年頭開店哪有這麼容易，怎麼可以隨便收店。不過，我們還是要想想辦法。」

我點點頭，坐直身體，專心聆聽她的建議。

「安群啊，我是在想，不如我們去參加太陽餅比賽吧？你想想，我們贏個比賽回來，可以風風光光將匾額放在店門口，旁邊那些店會有多羨慕呀？爭正宗老店沒有意思，早就說不清啦，可是有這塊匾額可不一樣，代表我們師傅技藝超群，餅肯定好吃！」

我想起贏得太陽餅冠軍的小潔師傅，據說她們店裡生意的確有帶動起來。我也明白美滿姨早就厭倦與搞不清楚的消費者多費唇舌，不如得一個獎來得乾脆。

「好呀！我覺得這個主意很棒。」

「你看，我就知道安群識大體、會答應的。」她對叔公使眼色。

「我不是說我啦！這種專業比賽應該要找黑臉或白兔去吧！」

「欸，現在比賽都嘛是年輕師傅去，老師傅去比這個沒意思啦。至於為什麼是你，我跟你說，之前阿原去參加，因為現場擠滿觀眾，他一怯場什麼都做得零零落落。啊與其帕克去，不如要接班的你去，這樣技術才能確保在自家人身上。」

我正想回話，叔公說話了，他一改由我作主的常態，說：「我可沒說要讓小安接班，他還早咧。除非能拿前三名，才有可能考慮這件事。」

「頭家你說的對，年輕人要歷練一下！加油呀，安群，這也算是叔公對你的考試呢！千萬不要只是志在參加，幫揚子堂抱前三名回來吧！」

他們完全沒有給我猶豫的機會，事情似乎就這樣定了。

晚餐餐桌上，我與阿母說這件事，她表情驚訝又了然於心。

「你叔公終於累了，總算鬆口要交班啦？唉，他以前就是那樣，喜歡一個人硬撐，但年紀大了怎麼有辦法？」

「叔公應該是捨不得父親的店消失吧？」

她邊舀湯邊說，「那也是一個原因，但我總覺得不只是這樣。小時候，我曾經幫忙顧店，他特別交代，如果看到頭髮長長、很漂亮又有氣質的女人來買餅，就是看起來像從台北大城市來的，一定要叫他。」

「那是什麼意思？」我停下筷子。

「你叔公還在等她呀，等他的初戀情人。她到底是什麼樣的人，我也不知道。只聽你阿公說過，她的名字裡頭有個『蘭』字，所以我私底下都喚她『蘭姨』。」阿母說完話時，彷彿留有餘韻，我過了很久，才得以消化。

「蘭姨？但怎麼可能……蘭姨早就忘了他吧？而且他們也認不出彼此了吧？」

「不知道吶。但不覺得你叔公其實很浪漫嗎？」她輕輕笑了，將湯遞過來，熱氣熏得眼睛有些溫熱。

春夜的風吹來，仍會涼得起雞皮疙瘩。「流浪者日誌」寫到一半，爲了轉換心情，我在陽台思考阿母說的話。叔公在品芯拿雜誌來時，再三確認，台北是否也能看到這本。這也是爲了蘭姨而問的嗎？

猶豫一會，我撥了品芯的手機號碼。這麼晚了，雜誌社還在趕稿，我能聽見那頭的鍵盤敲打聲。「沒關係，」她說，「剛好可以休息十分鐘。」

我沒說出叔公的祕密，只講了自己內心的掙扎。「如果比賽可以幫忙揚子堂，我很願意去做，但這件事又牽扯到接班問題，我對於接班又沒那麼肯定，實在不知道該不該努力。而且，妳吃過我做的餅，實在不太好吃，怎麼可能得獎。啊，我覺得我的問題就像追著自己尾巴的狗，好像都繞在一塊。」

這個比喻讓她笑了，「那麼，把這些都忘記吧！只要把它當作一件好玩的事情去做。如果你很努力了，沒得獎或許是與糕餅無緣，得獎了就是註定。你不覺得這跟去廟裡擲筊很像嗎？」

風吹得雲快速過境天空，月亮終於露出一點點面容，讓柔光照在未睡之人的窗外。在我的想像裡，品芯就像一座風向儀，面對現實狂風的吹拂，她還是能精準判斷且指引方向，令人安心。

「晚安。」我說。

「晚安。」她說。

宛如就在彼此身邊，那笑意如此貼近。

隔天，得知我要參加三個月後的太陽餅比賽，阿原面色驚恐，短短幾個字也會口吃。

「你、你、你確定？像動物，被人看，被很多人。」講到一半，他摀住嘴，彷彿要吐了出來，連忙跑去廁所。

黑臉哈哈大笑走來，「你不知道，那小子，在比賽現場吐出來。確實啦，一堆人圍著你看，要是我，我也會緊張。」

烘焙丙級檢定是在不被打擾的烹飪教室裡進行，現場只有考官與考生，而太陽餅比賽則是在公開場合舉辦，第一天現場實作和評比，不僅有考官拿著評鑑表來回巡視評分，還會被群眾目光包圍。

「嗯，九十分鐘做二十四片六十公克的太陽餅。」這對原本想參加世界麵包大賽的帕克來說，不難上手。他又恢復以前的熱心態度，陪我討論流程安排，「總之，每次練習都以九十分鐘爲標準，最好可以提早十五分鐘完成，這樣比賽遇到突發狀況才有時間解決。」

接下來我的生活都以九十分鐘爲單位，上班前後各練習一次，而爲了避免怯場情況，店裡的人輪流站在我前面緊緊盯著。起初，被四周視線一注視，眞的會手忙腳亂，忘記秤了多少糖、擀了幾次餅皮，但是久而久之，無論是誰，我都不會抬頭，彷彿手與眼睛都被太陽餅深深迷惑，一分一秒也不願離開。

「安群。安群。」聲音似乎從很遠的地方傳來，一個帶有桂花香味的聲音。猛然抬頭，發現品芯正微笑對我揮手，「妳什麼時候來的？叔公讓妳上來的？」我轉頭確認窗外光影，天色剛暗，路燈剛亮，介於黃昏與夜晚之間。

「大概十五分鐘了吧，就像林老闆說的，你眞的好專心。要休息一下嗎？」她晃了晃手裡的手搖飲。

我跟她說起，上次餅季完售都是歸功於拿著雜誌來的貴婦，其實也等於是歸功她的那篇報導。聽我描述我們以九十度鞠躬送走貴婦的景象，她笑彎了腰。

「謝謝妳，還好當時揚子堂有接受採訪。我想這也是叔公信任妳的原因。」她聽見信任兩字，受寵若驚。我跟她解釋，叔公對於工作區要求嚴格，除了像採訪那種特殊狀況，平常並不會讓外人進來，更遑論帶飲料坐在這裡喝。

「欸，這並不是因爲我或那篇報導，而是因爲你。」換我聽不懂了。「他信任的是你，因爲你，我才能破例坐在這裡。安群，揚子堂的大家都是因爲你，才願意接納我。這是我第一次能跟受訪店家這麼親近，像朋友一樣。我很開心。」她說出的每個字都如她的文字般誠懇。我很想跟她說，她錯了，大家是因爲看見她的眞誠與善意而被打動。

烤箱這時傳出烤好了的聲響，我們都被轉移了注意力。我拿出一大盤剛出爐的太陽餅，瞬間麥芽香氣瀰漫整個空間，又暖又甜。切開其中一片，麥芽餡微微流出，遞給品芯時忍不住提醒：小心燙。

她動作緩慢輕柔，每一口都深怕外層極酥的餅屑落下，偶爾張口將嘴裡熱氣呼出，眼睛睜得又大又圓，「剛出爐的好好吃喔！你好像進步了！」

我吃另一半，燙得馬上喝品芯帶來的烏龍茶，餅香與茶香在嘴裡均衡散開，「哇，配烏龍茶意外好吃！」

她也馬上喝一口，不斷點頭，表示同意。

「加油呀，安群，離冠軍大概只有這樣的距離。」她伸出拇指與食指，兩者之間大概相距五公分。說完，我們都笑了。我知道，還必須再努力。

26

加藤說，我這幾日像個死人，大概拿刀子砍我，我也不會有反應。他知道我跟笑美子告白了，這麼說也只是想一掃我的陰暗。

上次在鴨川與笑美子談話後，我們便沒有再說過一句話。然而我幾乎每天還是會遇見她，她依舊在放學後練習和菓子，也因此我一直都處在痛苦之中。那痛苦非常狡詐，藏在你以爲平凡的事物裡，像是笑美子的禮貌微笑，又或是不經意的眼神對望。於是整個人就像泡在福馬林裡，傷痛不會腐敗，甚至完整保存了憂傷。

笑美子今天將頭髮盤起來了，像穿正式和服那樣，展現脖子的柔美弧度。是的，連那弧度也令人痛苦。

我想，或許是時候前往東京了，繼續未完成的日本打工計畫。然而下一瞬，我卻又忍不住將視線放回她身上，縱使每一秒都如此疼痛，仍無可自拔地眷戀。原來，前進與後退，都是無路可走的絕望。

這時，她後方來了一位我沒見過的年輕男人。見我看他，他微微笑，把手指放在嘴唇上，示意不要出聲。我呆傻地看他離笑美子越來越近，笑美子則感覺到我的視線，望向我。那短短零點幾秒，彼此就這樣無言相對。

她彷彿要喊出我的名字，下一秒卻被身後男人蒙住雙眼，說：「猜猜我是誰？」我們的視線硬生生被切斷了，宛如命運的嘲笑。我感到無比窘迫，從他們身邊離開，但就算已離工作區好幾步遠，仍能清楚聽到笑美子驚呼說：「小悠！你回來了！」

又是一個可以直呼她笑美子的人。高橋悠，高橋的弟弟，笑美子的未婚夫。不同於沉穩不愛說話的高橋，高橋悠從頭到腳都散發開朗又隨和的氣息，似乎無論別人提出什麼要求，他都會一口答應。

接下來幾天，高橋悠成天在店舖裡，時而與今西太太聊天，或是泡茶給今西老闆和大野師傅喝；當然，在繁春堂工作多年的加藤也與他熟識，加藤同他說話時，總會心虛偷瞄我，對於自己想盡量保持中立而感覺兩難。接近放學時間，他會到門口等待笑美子，再一起來工作室，陪她練習和菓子。

他是很好的師傅，和菓子在他手裡如小丑手裡的球，動作流暢得令人來不及看清，便完成一顆完美的和菓子。工作區裡充滿他與笑美子的對話，一講到和菓子，他們表情都散發一樣的光采，並不斷湧現想法，彼此表達同意又或產生更多討論。那是讓人無法輕易介入的氛圍，特別是對和菓子一無所知的我。

在這痛苦加倍的日子裡，我唯一能安慰自己的是，他們的互動就像兄妹。可能從小認識，笑美子與他的互動十分自然，偶爾觸碰到手或肩膀，她也不會像與我牽手時那樣臉紅或微微顫抖。我安慰自己，笑美子並不是像戀人那樣喜歡他。

偶爾我還是會去鴨川散步。鴨川即將邁入初春，模樣卻仍是蕭瑟，連溪水倒映出的身影都顯得特別寂寞。我對著不知流向何處的溪水發呆，放任回憶像濺起的水花，時不時打亂思緒。

遠遠的，我認出河岸旁的一男一女，是笑美子與高橋悠。他們不知道說了什麼，倏地，高橋悠將笑美子抱進懷裡。

那幾秒在我眼裡變成慢格電影。

起初，笑美子笑著要推開他，如同那只是青梅竹馬間的玩笑或惡作劇，而當高橋悠加重力道、緊緊抱著都沒有要鬆手的跡象，她的表情也慢慢起了變化，微笑裡透著悲傷，彷彿她在這一刻接受了命運，以及高橋悠的愛情。她閉上眼睛，回擁，臉上泛起少女害羞的紅暈。

這一刻，我知道，他們日後一定能孕育出良好的愛情，是朝著同一方向並肩往前的愛情。

同一天下午，我向今西太太遞出準備多時的辭呈，決定三月中旬前往東京。

27

從來沒有這麼緊張過。前往比賽會場的途中，情緒咬噬著胃，讓它緊綳糾結像經歷了一百次高空彈跳。

比賽辦在美食展裡，抵達的時候，現場已經擠滿參觀民眾。除了美滿姨要顧店外，揚子堂的師傅都來了，弄得我更加慌張。

「記得是油皮包油酥，不是油酥包油皮。」黑臉連最基本的都怕我搞錯。

「如果有攝影機拍你，要記得微笑。」白兔露出牙齒，示範帥氣笑法。

「假裝觀眾都是西瓜。」重返嘔吐現場，阿原臉色蒼白。

「記得九十分鐘，提早完成最好。」帕克對我比了讚。

至於叔公，他只是點點頭，輕聲說：「去吧。」

我向主辦單位報到，走至指定的工作桌前方，而依照一人一桌的規定，現場約有三十多位師傅參賽。突然地，我想起今西老闆，於是下意識將衣領翻好、圍裙撫平，連白色防塵帽也再三調整，接著深吸好幾口氣。

爲了無視四周喧鬧民眾與他們的眼睛，我試著回想至今爲止有關揚子堂的一切，如同將自己切成兩半。一半的我想起，第一天黑臉要我將太陽餅擀圓，我卻怎麼小心都還是讓它凹凸不平、如被車輾過般；另一半的我，依循比賽開始的指令，手自然而然動起來，宛如機器開關，一動起來，所有步驟就順利地一個接一個，並在動作與動作之間，建立起強大氣場，沒有事物能進來打擾。

在這氣場之內，比賽現場瞬間變成日復一日的揚子堂。我們攪拌油皮、包裹油酥、包裹餡料，餅皮又香又軟，缺口收束起來要快速準確，接著還要擀圓、擀平、蓋紅印、進烤箱，背景音樂是黑臉的罵人聲與攪拌機的運轉聲，突然一聲叮叮，全部人都關心哪個烤箱又即將出爐，一盤接著一盤，太陽餅、綠豆椪、鳳梨酥，所有味道都是揚子堂的味道。當然不能忘記工作桌要整理乾淨，發光發亮，地板也要拖好幾趟。機器終於回歸無聲。最後走的人熄燈，仍關不了斜照進來的月光。這些這些，全部都被夜色吸納進時光裡，綿延成六十年的日子。

隨著回憶動作，我幾乎遺忘了時間，直到將太陽餅放入烤箱。關上烤箱所發出的悶聲，聽起來是休息的暗示，這時候，現場的聲音才又回來，有個小孩正哭吵著要吃太陽餅。

專注的思緒一放鬆，反而令人恍惚。等待餅出爐的期間，我將工作桌整理乾淨，洗手時瞥見自己的手，想起叔公縱使少了一根手指頭，卻完美運用了其他九根，壓、捏、揉、扶，從來不會有錯，仍然是製餅好手。希望我的雙手也能如他那麼厲害。我用同一雙手將太陽餅繳上去，二十片完整的、四片對切開的，然後離開現場。

揚子堂的大家直誇我的製程很流暢，得獎希望很大，「頭家，我已經想好匾額要放在哪裡了。」黑臉甚至一臉神氣地這樣說。

希望那對切的太陽餅，可以如品芯說的，是神明的筊杯，終將揭曉答案。

評審結束後，我同其他師傅一起坐在頒獎台下等待結果公布，叔公他們則是在後頭觀眾區，也在現場的品芯傳訊息來，「你看起來很緊張。」

「得不得獎，都令我緊張。」我老實回覆。

頒獎典禮開始了，等長官貴賓都致詞完，已經又過二十分鐘。主持人拿回麥克風，準備宣布得獎者。所有穿著白色廚師服的參賽師傅，無不調整姿勢，屁股往前坐，背挺直，彷彿下一秒唸的會是自己的名字。那氣氛令我想逃離現場。

典禮從綠豆椪和創意糕點的項目開始，被點到名的師傅，高興滿溢，兩步併作一步地上台領獎。接下來，是壓軸的太陽餅比賽結果，我要努力壓住雙腳才不會顫抖。

主持人依序公布第三名至第一名的店家，裡頭，沒有揚子堂的名字。

28

遞出辭呈那天，今西太太一臉惋惜但沒有挽留我，她知道我的打工計畫早已爲繁春堂多停留一個季節。從提出辭呈到現在，又過了兩個星期，這段期間繁春堂爲我辦了歡送會，而我爲了慢慢收拾自己的心，不想留下任何碎片在這裡，依舊做著平常日子的工作，埋頭清理器具，在店鋪招呼外國客人，偶爾與加藤去居酒屋喝酒，每每喝醉時他都說：「安群君，我眞沒想到會這麼捨不得你，我以後一定要去台灣找你！」

笑美子看起來心情平靜，我們的互動只剩下打招呼和點頭，倒是高橋悠離開京都前，還很有風度地說：「很高興認識你，我老家在東京，會在那邊待一陣子，有困難可以來找我。」

這樣也好。我內心的痛苦，若再有任何波瀾，都會滿溢而出。

離開前的最後一日下午，我還在幫加藤拌煮紅豆餡。今西太太請我過去，我們跪坐在一開始面試的榻榻米房間，她的微笑如那日一樣溫暖。

「都準備得差不多了嗎？」

「是的，一直以來承蒙您的照顧了。」我向她行禮。

「我們也要謝謝你，在各種事情上，你都爲繁春堂帶來良好的改變。」她頓了頓，「記得我跟你說過，第一次遇見你，便覺得你是爲了追尋什麼而來到日本。現在的你，已經找到想要的道路了嗎？」

我搖搖頭，「事實上，我變得比以前更加迷惘。」

「沒關係，不要放棄追尋，道路自然會出現。」

今西太太不知道的是，如今的我已經不想追尋，只想逃跑。我們又閒聊幾句，聊東京、聊台灣，不知不覺，聊到了笑美子。

「笑美子那孩子，說要幫你餞別，去茶室找她吧。」今西太太見我露出猶豫神情，接著說：「好好告別是必要的，日後想起才能以溫柔的心情。」

從今西太太的話來推測，她應該隱約知道我與笑美子的感情。原來我們對彼此的心意都藏得不夠深嗎？前往茶室的路，我走過許多回，卻沒有在春季來過。春光照進奧庭，在廊道上映出庭園花草的剪影，模糊地搖晃。離茶室剩沒幾步路，我卻不敢再向前，不只是因爲從這裡已能看見笑美子一襲若草色的背影，更是因爲今西老闆似乎已經等候我多時。

「你來了？」他將手揹在身後，連回頭也沒有。

「是。」我上前與他並肩，一起望向茶室，想起很久以前我們也曾在這裡談話，那時候他說：笑美子的心還沒有跟上來。

「笑美子，承襲我們今西家的製菓天賦，但是上天給的才能是有限的，自己必須不斷精進，有限才會變成無限。和菓子講求的，不只是外型，還有師傅的心，那些都會透過手，包裹進和菓子裡。吃一口，便知道了。以前笑美子的和菓子沒有情感，純樸但貧乏。」此時他看著我，「但是現在不一樣了，她已經懂了，而她有這樣的轉變，都是因爲你的關係。」

我想，今西老闆肯定也知道了。我低下頭，不敢說話。

「現實因素，我並不同意你們交往。畢竟讓自己有所改變的人，不一定能留在生命裡，很多人都只是過客。」

「是的，我明白，大小姐有自己的使命。」

他後來講的這席話，我永遠不會忘記。

「但話又說回來，只要能永遠記住那個人的身影，那也不算是過客了。謝謝你，安群君。」

茶室裡煮水的風爐，正發出咕嚕聲響。走進四疊半榻榻米的茶室，宛如走進笑美子的內心世界，無論是字畫或插花都代表了沏茶亭主的心意。

於是當我看見牆壁懸掛的字畫，寫的是「一期一會」時，好不容易武裝起的情緒，已經潰敗一半。一期一會，一生只有一次這樣的相遇，流逝的時光無法重返，唯有珍惜眼下的每一瞬。

字畫下面，花器裡插著不知名字的牡丹色茶花，優雅細長，獨枝綻放。比起使用豐富花材，日本花道講求簡約，方能展現清寂之美。那一枝花，花枝纖細卻堅毅，直挺卻有姿態，外頭日光映照出花的獨影，飄渺得如在虛實之間。

榻榻米上已經擺好一份和菓子，那是以漸層技法做出的「桔梗」，花瓣五瓣，形成如五芒星的輪廓。傳統桔梗做法，花心爲白色，正中央點綴黃色花蕊，向外漸層爲清麗溫婉的淺紫。眼前的桔梗卻不同，顏色黯淡穩重，整體漸層色由灰紫到灰藍、再由灰藍變灰紫，曖昧地混合。彷彿是悲傷與遺憾的顏色。切開後，看似平常的紅豆餡，吃進嘴裡，甜中帶鹹，摻揉進眼淚的味道。在各方面來說，笑美子都跨越了傳統、突破了自己。

這才是笑美子的和菓子。

從入座到現在，笑美子不發一語，專心做點茶的準備。從我的視線望去，身穿若草色和服的笑美子，與她身後雪見障子望出去的庭園，融爲一體，明顯感受到京都已經跨進初綠春季。

幸好，茶道是緩慢的，讓我擁有足夠時間，將笑美子的每一個動作都深深納入回憶裡。她以茶杓，從茶罐舀出三匙抹茶，再以竹製的柄杓，取出溫熱爐水，慢慢倒進放有抹茶粉的茶碗裡，那從高處落下的水聲宛如山林溪流。她輕輕放下器具，拿起擁有溫潤弧度的竹製茶筅，低頭刷起抹茶，既輕且重，讓茶與水融合，產生綿密泡沫。

點完茶後，她旋轉茶碗，向我遞來。我用兩手捧起，感受落栗色茶碗的重量與厚實，並發現杯口有處以金漆塡補的三角形缺口。喝下第一口，嘴裡充滿濃郁的抹茶苦味，讓我更說不出話。

「櫻花就要開了呢。」她這麼說的同時，我們都想起第一次漫步在鴨川，她以清亮神情描述京都花開盛景，要我絕對不能錯過。

「可惜，來不及看見了。」我無奈地笑了。

她轉過頭，凝視花器裡的單花，「台灣是否如中國一樣，認爲成雙的事物才象徵圓滿呢？」雖然是問句，但她沒有要我回答。

「在日本花道裡，單數之花叫作『生花』，正因爲她的不圓滿，才顯得有所希望。也如同茶道的『金繕』，用金漆修復缺口，讓原本殘破的茶碗變成獨一無二的存在，就像你眼前的這個茶碗，不圓滿也是一種美。」她說的茶碗，三角形缺口正閃爍金光。

她將視線落在我身上，坦率且無所畏懼，「安群君，你的出現就像奇蹟。那麼與眾不同的一個人，出現在每天都一樣的京都。因爲你，我明白，有另外一個截然不同的世界，也是你教會我，用全新目光來看待熟悉不過的日常。爸爸之所以認同我的味道，一定是因爲認識了你。」

「我也曾經想過喔，想過如果我不用揹負和菓子的命運，我一定會毫不猶豫跟你去台灣吧。」她露出失落的淺笑，「可是呢，安群君，你知道朧月夜爲什麼能夠拒絕她深愛的光源氏嗎？因爲她決定不回頭看，回頭看太痛苦了。沒有人知道怎麼樣的選擇才是對的，只有決定往前走，把不喜歡的地方都變成喜歡的樣子，才能問心無愧。」

「我一直很想成爲那樣勇敢的女性。」她的笑裡有光。逆著光的笑美子，已經成爲了自己口中的女性。

「安群君，我這輩子都會記得你喔。」她對我的凝視是如此專注，專注到眼淚湧現也沒有眨眼。

謝謝，是她跟我說的最後一句話，並向我深深行禮。我低頭回禮，承不住的眼淚墜落極快，也很快地被榻榻米吸納，彷彿從來不曾存在。茶室裡，我們互相行禮，不再望向對方，宛如長在同一根枝枒上的楓葉，在風裡一起飛舞遊戲，最後無聲落在兩個不同地方。

我知道笑美子再也不需要我了。

29

我沒有爲揚子堂抱回任何獎項，自然也沒有美滿姨殷殷期盼的匾額。大家嘴裡不說，但都如我一般，心情來到七月盛夏，無力且焦躁。手機不斷閃爍著留言提醒，格友們紛紛詢問太陽餅比賽結果，我至今都沒有力氣回覆。

由於銷售量逐月下降，今天的工作很快就做完了，只能自己找事做。黑臉在盤點原物料，白兔忙著清洗潔白圍裙上沾到的污點，帕克將晶亮的工作桌擦得更加晶亮，而我和阿原從倉庫找到一只裝滿餅模的紙箱。

紙箱裡堆疊一支支餅模，無論是大小、木色、圖案都不盡相同，共同點大概是都有些歷史了，精緻度完全可以稱得上是藝術品。我拿起其中一支仔細端詳，上頭以波浪狀圓形爲輪廓，中間刻上大大囍字，左右龍鳳對視，背景還有盛開的牡丹。讓我想起小時候，阿母參加婚宴後帶回來的大餅便是這個模樣，至於口味，我最愛清甜鳳梨餡和鹹甜滷肉。

「那是大餅的模仔，是大哥的收藏。這支是用香樟做的，一聞就知道。」黑臉走過來，也很懷念似的，同我們蹲下，翻看這些珍貴餅模。

「啊，這是狀元遊街，專門做狀元糕。」上面的花紋是古代狀元騎著一匹馬，空白處點綴花草圖樣。

「那個是紅龜粿的粿模。」他指的是阿原手上那支，線條流暢生動，宛如烏龜游水，龜殼上還刻著壽字。

一支餅模，彷彿是一個故事，我們不斷拿出來，黑臉便不斷地告訴我們背後涵義。對他來說，它們是歲月的印記。

台灣早期，糕餅與每件事都息息相關，小孩滿四月吃收涎餅、周歲有紅龜粿，訂婚少不了狀元糕，六十大壽也一定要有壽桃。無論是婚喪喜慶或祭神節慶都少不了糕餅，糕餅與生活就是如此緊緊相依。

我找到一支木模，沒有手柄，細長木塊上刻印了三種花紋，中間那朵花特別像桔梗，伸展開的五星花瓣令我看得入神。

黑臉說：「這是糕模，像是綠豆糕、杏仁糕啦，鋪滿豆沙後，敲一敲，一次做三個，又快又漂亮。」

同樣是桔梗，台灣與日本多麼不同。無法抑制的，嘴裡慢慢浮現與笑美子道別那天的桔梗滋味，於是我找了藉口，下樓喝茶潤潤喉。

美滿姨看我下來，急忙招手喚我，她要去郵局一趟，請我幫忙顧店。我環視這小小的店面，糕餅像圖書館裡的書，安靜且整齊地排列著。玻璃櫃沒有因爲客人減少而沾染上一點灰塵，看得出美滿姨正以自己的方式在守護揚子堂。

我坐在那，感受時光停滯，直到郵差逆光踏進。一小疊信件裡，大多是平凡的繳費單或廣告信函，其中一張風景明信片特別吸引目光，上頭似乎是以紅色鋼條設計的神戶港塔。翻到寫字面，地址果然來自日本神戶市，署名是官蘭，收件者是林義。

「小安你怎麼在這？美滿呢？」叔公聲音從背後傳來，我已將明信片內容讀完，甚至讀了好幾遍。

「叔公……」

「喊成這樣，你看到鬼喔？」

我內心有所遲疑，但期盼事實真的如我所猜想。我將明信片遞給他，他揮揮手示意不想拿。

「叔公，這是官蘭寄給你的。官蘭，你認識嗎？」

官蘭這個名字力量之大，只見叔公被定格在半亮半暗的光線裡，久久無法動彈。

是了，官蘭，就是叔公的初戀情人。

明信片上最後一句是：無臉見你，我一切安好，不必掛心。

拿了明信片後，叔公一直待在休息室裡，到了傍晚也沒有要出來的跡象。沒有人敢打擾他。美滿姨回來後，急急問我發生什麼事。

「怎麼這時候才寄信來？」

「好像是看到品芯的報導。」

「那本雜誌這樣厲害喔！」美滿姨先是驚訝又是搖頭，「這樣下去不行，你去看看狀況。」

我硬著頭皮走進，只見叔公頹然坐在他最喜歡的藤椅上，雙手緊緊拿著明信片，兩眼卻望著窗外發呆。短短一個下午，他瞬間蒼老許多，錯覺似的，似乎還變得有些透明，幾乎要被外頭天光給稀釋。走到他身旁，我完全找不到一句話可以安慰，只能靜靜待在他的悲傷旁邊。

這個瞬間，我想起笑美子，同時也想起了阿母轉述的信件內容，當年的官蘭說會永遠記得林義。她真的到現在都還記得。她說無臉再相見，但內心深處會不會其實一直有想見叔公的念頭呢？

「叔公，我們一起去神戶找她吧。」

我聽見自己如此說，有懼怕，也有堅定。

30

我在深夜十二點，搭乘夜間巴士離開京都。窗邊的位置，讓我還能看這座千年古都最後一眼。夜晚燈火倒映在玻璃上，行駛時變成迷離的光河。鄰座乘客很熟悉夜間巴士似的，沒多久便睡著了，整台車大概只有我還醒著。睡不著，思緒太混亂，腦子還不斷重播我與笑美子在茶室道別的畫面、熱水注入茶碗的水聲、光影下的字畫與插花、那朵甜中帶鹹的桔梗。

桔梗。爲什麼是夏秋季才會出現的桔梗？我拿出手機查詢桔梗的花語，短短幾個字，心卻被狠狠擰著，輕易就逼出了眼淚。那是笑美子以自己的情感爲優先，違逆了和菓子的季節感，所留給我的最後一個訊息。

永恆且絕望的愛。

對笑美子來說，我便是那樣的存在。

京都的深夜銜接著東京的早晨，七個小時後，我站在東京街頭，太陽初升，光線落在高樓玻璃帷幕上、斑馬線上、路邊野花上。沒預期會是這樣的景象，眼前光景讓我瞬間無法呼吸。

那在京都尚未綻放的櫻花，已在東京倔強盛開，盛開成令人醉心的粉紅之海。風來了，舞動如浪、輕盈如夢的花瓣，似乎也飄進我心裡，以無盡孤獨的姿態，紛紛落下。

笑美子就是那些花瓣，無所不在，卻又轉眼消散。

我很努力要在東京生活下來，租了套房，安排許多面試。然而，在這座開滿櫻花的城市，朝任何方向望去都是一抹粉色，縱使在邊緣的靜謐巷弄裡，地上也能看見不知從何而來的淡色花瓣靜靜躺著，彷彿是一種暗示，令人無所遁逃。

那是笑美子的顏色。

每一天我都淡得更像影子，痛苦卻越來越濃烈。如同離笑美子越遠，她的身影、表情、語調卻越是清晰。

「我要去看不見櫻花的地方。」

這個念頭一出現，我馬上訂了隔天的機票，那是當天最早的班機。我已經被櫻花擊敗，不想生活在這座時時會觸碰痛楚的城市裡。不如離開吧。斷尾求生的壁虎，應該也擁有如此的堅決。

坐上飛機，我閉上眼，終於安心。

台灣沒有那種擾亂人心的櫻色。

31

睜開眼，花了一些時間，我才確定自己不是在夢裡。離開笑美子後，我以爲近幾年都不會再去日本，然而此時此刻，我正坐在前往日本的飛機上。爲了叔公。

叔公起初大力反對去找蘭姨，他說：「見了面也不知道說什麼。」況且他沒有出國過，不會搭飛機，不會講日語。他是這麼說服自己的。

「頭家，現在有安群陪你，怕什麼？如果現在不去，你這輩子都不再會有機會了！至少要當面問她，爲什麼這麼多年都不來找你呀！」最後改變他心意的，是美滿姨這席話。

「坐得不舒服嗎？」我見叔公時不時變換坐姿，飛機餐也只吃幾口。他搖搖頭。「不然閉眼休息一下？再一小時就到了。」他閉上眼，沒多久又睜開，只靜靜望著飛機外的澈藍天空。

此刻的蘭姨在做什麼呢？她一定猜不到有人正飛越時間與海洋，朝她而去。

抵達日本後的隔天一早，我們循著明信片地址，搭上前往神戶郊區的公車。昨天一整日奔波，晚上又沒睡好，叔公此刻面露疲態，但更多是無法隱藏的緊張，連我都被感染了，手心不停出汗，把糕餅禮盒的提袋都弄濕了。

下車後，還有五分鐘路程。我們走上緩坡，緩坡盡頭，有一小片樹林，與樹梢齊高的是一座古老洋房，它以暖白爲底，屋頂漆了青藍色，風格跨越時代。透過門口柵欄縫隙，能看見一輛黑頭車停在小徑路口，而小徑往花園深處蜿蜒，似乎能直通洋房。這就是蘭姨的家。

「叔公，你想好要跟蘭姨說什麼了嗎？」

「船到橋頭自然直吧。」他只這麼說。

我擦乾了手汗，才按下那小小的電鈴。很快的，屋內有人回應了，從她的說話方式聽起來，大概是管家或傭人吧。我慶幸自己沒有因爲一時緊張而忘記日語。我告訴她，我們是女主人的台灣朋友，剛好經過這裡前來拜訪，希望她能代爲傳達。

「林義。」名字我是用中文發音的，「夫人一定知道。」

對講機掛斷的那幾秒，樹林的鳥正拍翅飛過上空。我和叔公屏息等待，沒有說話。過了一會，對講機傳來相同女聲，毫無情緒地說：「請進。」

我們是怎麼從門外走進洋房會客室的，相信叔公也不記得了，等我們回過神時，已經置身歐式風格的空間裡，裡頭有花樣講究的木桌木椅，兩個人高的紅色布幔與落地窗，端上來的茶散發著玫瑰花香。叔公看上去像是力氣被抽光，又像下一秒便要奪門而出。不知道過了多久，可能二十分鐘，也可能只有一分鐘，時間在這裡完全迷航，眼前一切都好不眞實，眞正眞實的，只有身體深處的心跳聲，以及古老時鐘的滴答聲。

「阿義！」那是台語，聲音的主人原本是小跑步，後來才想起應該慢慢走來。

「阿蘭。」被點名的叔公馬上起身，椅子在地板刮出聲響，但沒有人介意。

陽光灑落進來，爲蘭姨披上光的大衣，等到走近，才看清她身穿一襲森綠色及膝洋裝，彷彿剛從森林裡尋到路出來。他們見到彼此，沒有緊緊相擁，但是他們的眼神令我明白，有時候不擁抱比擁抱更難更美。

屋內的安靜被外頭不知從哪裡飛來的麻雀所打擾。牠們一群吱吱喳喳地來，又吱吱喳喳地走。在最後一隻麻雀飛走時，終於有人說話了。

「希望沒有打擾到妳。」叔公率先開口。

「不會。不會打擾。真沒想過你會來……」

「我也沒想過會收到妳的明信片。」

「誰想得到呢，我在台灣人開的咖啡廳看見雜誌，揚子堂竟然在上面。」

「年輕人就是喜歡搞這些。那是小安的主意。」叔公看向我，「他是我姪女的兒子。」她輕輕地嗯一聲。或許一開始她以為我是叔公的孫子。如果她知道叔公因為她一生未娶，會有什麼反應呢？

「你日語怎麼說得那麼好？」她親切地同我說話，我便說了自己曾經在日本打工一年，甚至待過京都百年和菓子店。聽見和菓子，她直問我是哪一間。

「繁春堂？我買過他們家的和菓子。哎呀，眞是巧呀。京都離這裡不遠，我常去呢。」我很想追問，她是否有遇見喜愛穿紫色系和服的今西太太、板著臉的今西老闆，又或是擁有恬靜微笑的笑美子？然而今日主角不是我，我只好淡淡地說：這樣呀。

眼見氣氛輕鬆了，叔公才再次說話：「妳看起來過得不壞，還是同年輕一樣。」

蘭姨確實如叔公所說，是氣質出眾的女性，並維持了不受歲月影響的姣好容貌。如此，比起按輩分稱呼她為姑婆或嬸婆，「蘭姨」似乎更為貼切。

「哪有一樣？都老了，做阿嬤的人了。你咧？你過得好嗎？餅店看起來有聲有色，你阿爸一定覺得欣慰。」

叔公沒有回話，大概所有事情都一言難盡，不如不說。他啜飲一口茶，下一秒，蘭姨驚呼起來：「你的手怎麼了？」此時少了一隻手指頭的手，格外顯現叔公的殘缺。

「工作時不小心弄到的，那也沒什麼。因爲做餅，我不只少了一根手指。」

玫瑰花茶是不需要攪拌的，但蘭姨卻開始拿小湯匙在茶裡畫圈，發出輕碰杯緣的細小聲響。我想她明白叔公話中涵義。

「我跟阿爸去了台北。」她聲音顫抖，如即將試飛的幼鳥，「我想著一安頓好就想辦法回台中找你。啊，誰知阿爸欠了還不了的債，在台北只待了一晚，就拉著我們全家逃來日本。」

「林桑，」她頓了頓，「阿爸的好朋友，在神戶港做貿易，接濟了我們。如果沒有林桑，我們一個個都要死在街頭。後來我便嫁給林桑的獨子。」她終於停止攪拌花茶，拿起來喝一口，似乎急著爲最後一句話畫下句點。

「唉，現在說這個也沒用。」她的臉想微笑，心又笑不出來，表情變得有些扭曲。

叔公只是沉默。不是因爲時光在他們之間產生隔閡，而是很多問題想問卻不敢問。

過得幸福嗎？如果幸福，彷彿證明自己的存在是多餘；如果不幸福，那麼又會爲彼此感到心痛不値。

一個稚嫩聲音突然闖進來，用日文大喊著：「奶奶！奶奶！」小女孩一路奔跑而來，撞進蘭姨懷裡。蘭姨喚她愛子。愛子的臉又圓又紅潤，偷偷望向我們，看見面惡的叔公，躲得更深了。叔公打開從台灣帶來的糕餅禮盒，拆開一片太陽餅，甜蜜濃郁的香氣終於把愛子從蘭姨懷中引出來。

「おいしい。」很好吃喔，這大概是他唯一會的日文。

愛子吃了一口便笑了。趁這個機會，我用日文與愛子對話，慢慢把她引導至落地窗旁，陪她吃餅、看窗外的花，爲叔公與蘭姨留下可以好好說話的空間。

屋裡的寬敞，讓談話形成綿延回音，縱使我與他們相隔數公尺也能隱約聽見，這樣不遠不近的距離宛如夢境。對他們來說，再次見面也是如夢似幻吧。

叔公回憶第一次見到蘭姨是在阿公就讀的高中，當時他已經在揚子堂學做餅，傍晚騎腳踏車接阿公下學時，都會看見一個女生坐上黑頭車離開。她總是低著頭，從不看誰一眼，如同日本女兒節娃娃般面無表情。

「我那時候覺得妳好奇怪，怎麼都不會笑。」

「我才覺得你奇怪，世界上怎麼會有這麼好笑的人！」

蘭姨說的是他們第一次對話，在綠川旁，叔公騎腳踏車送餅，遇見蹺課躲在河岸階梯上的她。他拿出揚子堂的餅，表示這是家裡做的，香香甜甜很好吃。蘭姨咬了幾口，眼淚開始掉。十幾歲的叔公當然不懂如何安慰，想輕輕拍撫她的背，又怕手會弄髒她的制服，手連忙下了綠川洗一洗，又往自己身上抹乾，如此滑稽模樣終於讓她笑了出來。

「我更沒想到，你竟然不會寫信！」蘭姨以少女口氣怨嘆。

「爲了妳，我很努力學寫字。」

蘭姨透過阿公轉交書信給叔公，他因爲字不認得幾個，遲遲寫不了。他將撿來的報紙隨身攜帶，遇到買餅客人就請他們從報紙上圈出來：妳、我、謝、寫、很、嗎、信、心、好、開、給等字。一星期後終於回了短短三個句子的信：「謝謝妳寫信給我，我很開心。妳好嗎?」每個字都練習了上百次。

這一來一往的書信，讓他識字變多了、寫字變好看了，他們的通信持續到高中畢業，緊接著的暑假卻讓很多事都變了。

「最令我意外的，就是妳帶妳阿爸來揚子堂。」

蘭姨和父親踏進店裡時，叔公還不敢相信，以爲是要來興師問罪。殊不知，是他們家要爲她辦十八歲生日，原本想買日本和菓子或西方洋菓子來作賓客禮物，她卻執意只要揚子堂的太陽餅。那筆訂單爲揚子堂帶來前所未有的財富和名聲，然而當叔公父親對蘭姨父親九十度鞠躬時，他終於明白自己與她的距離。他忍不住鬧脾氣，好幾日都不理她，就連她生日那天早上約好要見面，他也沒去赴約。

「當我看到妳半夜跑來找我，我就後悔了。我還記得妳穿的那件白色洋裝。」

「一大早阿爸就要帶我去台北，我好害怕再也見不到你。」

「我說要去台北找工作，會離妳近一點，但妳不要。」

「你還有你阿爸的店，那麼好的滋味不能消失。信呢？你有讀信嗎？」

「妳把信都哭濕了。妳寫：『我會永遠記得你。等我可以作主的時候，我會回來，等我。』」叔公一字不露背誦出來，蘭姨爲之顫抖。

他們都沒有忘記。連時間面對這份思念，都只能無聲凝望。

好一會，叔公才又開口：「妳還記得我第一次做餅給妳吃嗎？」

「當然記得。你一路跑來我家，全身是汗，手裡捧著用紙包著的太陽餅，打開還有餅香。啊，我永遠忘不了當時的麥芽香。後來，」她頓了頓，這裡的後來大概是指分開之後，「後來，我不再吃太陽餅，我怕會忘記你的味道。」

叔公再說話時，聲音有些哽咽，「阿蘭，妳再吃吃看，是不是跟以前一樣？」

這一秒，我很緊張，緊張到我不惜被發現而回頭觀看。蘭姨拿起太陽餅，輕輕咬了一口，餅屑掉落在她墨綠衣服上，似白雪，也似櫻花。她閉上眼，慎重且緩慢地咀嚼，慢慢的，從眼角滑下的眼淚，彷彿清晨凝結的露水，承受不了歲月的重量而掉落。

「一樣，跟以前一樣。」蘭姨再也忍不住哭了起來。

叔公猶豫許久才用手輕拍她的背，輕柔地如同撫摸黑夜。

32

見完蘭姨的叔公，有一種更深沉的憂鬱，我幾乎以爲他已經釋然時，下一秒又皺起了眉，彷彿蘭姨在黑頭車外頻頻揮手道別的畫面又在上演。叔公說這是他第一次坐黑頭車，他終於明白蘭姨坐在車裡的身不由己。

下了黑頭車，我們去了神戶港。船隻來來往往，總是停留一下又走。看膩了船，我們買了吐司在港口餵鳥。起初，我沒聽清楚叔公說了什麼，鳥的振翅聲從四面八方而來，直到一艘大型貨船發出鳴笛聲，才又都安靜下來。

「我想去阿蘭說的那間和菓子店看看。」叔公說的當然是繁春堂。

「欸？我們在神戶，店是在京都。」

「很遠嗎？」

「是不遠。」車程大概一小時而已，「怎麼突然想去？一定要去嗎？」

「去看你以前工作的地方呀。」與其是因爲我，我更相信那是他想與蘭姨創造新的連結。他把手中的麵包屑全拍落在地，一副做好馬上出發準備的模樣。

「好吧。」我只能如此回答。

我從未看過夏季的繁春堂，暖簾上的陽光印記完全不同於秋冬，將朱紅色布簾照得輕盈透明，隨風搖晃。叔公看懂了上頭的漢字，直問不是到了嗎？怎麼還不進去？

「我、我還沒有準備好。」此刻的心跳比按下蘭姨家電鈴那刻，跳得更加張狂慌亂。如果見到笑美子，要跟她說什麼？叔公不理會我，先一步撥開暖簾進入店舖，店裡傳來溫柔的歡迎光臨。

「哎呀！哎呀！這不是安群君嗎？」身著若紫色和服的今西太太，發出比平常更大的音量。

由於離開後都沒再聯絡，我一邊鞠躬、一邊抱歉地入內。再次走在繁春堂的木造地板上，每一步都沒有真實感，於是我踩得很輕很輕，宛如走在清晨欲醒的夢裡。

我們被領到會客室，今西太太說要去通知大家，獨留我們稍作休息。從會客室望去的奧庭非常有活力，花草在陽光下顯得精神奕奕。相較於我的標準跪坐，叔公隨意盤坐著，專注凝望梁上懸掛的四張黑白人像。

「那些都是繁春堂的歷代當家。」我輕聲說。以前笑美子跟我說過，這些人就是延續繁春堂的重要之人，未來今西老闆會在上面，她也會在上面。或許是因為太安靜了，我和叔公的凝望都變得充滿敬意。

「打擾了。」端茶進來的年輕女孩，我從未見過。她邊放茶、邊偷瞄我，離開前一刻才說：「請問你就是以前在這裡工作的台灣人嗎？」她用的是國語，我愣了一會，點點頭。

「因為你，今西太太才錄用我的！她不只一次說起你，她說台灣年輕人真是了不起。前輩謝謝你！」她鞠躬離開時，我還有點無法回神。叔公輕聲揶揄我，還好沒丟我們台灣人的臉。

「安群君！」加藤的聲音大老遠就聽見了，他一如往常穿著白色制服，臉上掛著的笑容宛如剛打贏棒球比賽。他過來用力拍拍我，似乎在確認我是不是真的在這裡。跟在後面的，還有大野師傅和高橋，大野師傅自然是一年四季皆相同的溫柔神情，高橋也依舊是不願微笑的樣子。笑美子呢？我拉長脖子，後頭已經沒有人。

加藤拉著我說東說西，得知旁邊這位是我的叔公，他用只有我聽得見的音量說：

「哇，那樣子跟今西老闆還有點像呢。」

說到今西老闆，他和今西太太一起出現時，加藤他們便識相地先回到廚房繼續工作。今西老闆見叔公在場，他先鞠躬示意，叔公也趕緊回禮。眼前畫面既荒謬又和諧，荒謬的是我從未想過他們有機會相見，和諧的是他們竟散發出一樣氣質。

「好久不見，徐桑。」今西老闆還是這樣稱呼我。

「好久不見，實在疏於問候。」我分別以中、日文爲彼此介紹，提到叔公的糕餅舖，今西夫婦十分感興趣，問起那究竟是什麼樣的菓子，我又解釋了好一番。

今西太太開心之情難以隱藏，笑著說：「安群君又成長了呢，你在這裡的日子，彷彿才昨天呢。我還記得第一次見面，你問說：繁春堂的店徽，爲什麼是冬季之花山茶花呢？我那時便覺得你這孩子不簡單，心思細膩。」我也想起來了，有默契似的，我們一起抬頭仰望決定以山茶花當店徽的第一代當家，他表情肅穆，實在難以想像是愛花之人。

突然想起似的，今西太太打開旁邊的深黑菓子盒，溫柔地說，這是笑美子設計的和菓子「花火」，圓形和菓子上揉染著五、六種淡淺色，重現夏日煙火於黑夜綻放的絢爛景色。很有笑美子的細緻風格。

面對如此精緻的甜點，叔公張著嘴卻發不出聲音，引得今西太太直說：請用，不要客氣。

此刻，我再也忍不住，「大小姐呢？」

「她前幾天剛回東京呢。」今西太太罕見地拿出手機，「你看，這是東京製菓學校的學園祭，笑美子的花火獲得比賽第一名喔！」

笑美子拿著獎牌，旁邊高橋悠摟著她的肩膀，他們露出一樣的笑容。安心與傷心同時被放上天秤，我不知道哪邊輕哪邊重。

「這下你放心了吧。」她對著今西老闆說，「從以前你就一直拿和菓子煩她，還好她忍了下來，我都好怕她哪一天受不了就不回來了。」

「這本來就是生在和菓子世家之人必須回答的問題。笑美子必須早點想清楚，是要延續還是離開。」他指著第四代當家的照片，「我可不希望她像我一樣，別無選擇地接下這間老店。我父親五十歲突然倒下，當時我才二十歲，能怎麼辦呢？繁春堂這塊招牌我必須先頂著，直到下一位命運之人出現。」

比起這段可能連笑美子也沒聽過的自白，接下來的話更令我震驚。笑美子其實早就得到今西老闆的認同了吧。

「做和菓子五十年了，我知道自己沒有天賦。笑美子不一樣，那孩子有一種跨越時代的天生感性，繁春堂在她手上一定能盛開得更美麗。」今西老闆說這話時，嘴角彎起的幅度縱使比羽毛還細，還是被我的雙眼眞切地看見了。

步出繁春堂時，日光推移至四點，正是光線燦爛無瑕的時刻。我們不自覺都將視線投向沒有任何一朵雲的清澈藍天。這個剎那，我似乎能理解這個百年家族肩上沉重的負擔，堅持到現在若誰放棄了，似乎就辜負了前人們的犧牲與努力，我也理解了笑美子爲何以她小小的身軀承擔這一切。

「日後繁春堂又會是什麼樣子呢？」我忍不住有這種感嘆。

「不知道吶。」今西太太的回答裡有種順其自然的釋然，「安群君呢？你找到想要追尋的道路了嗎？」

「不知道吶。」聽見這個回答，我們都笑了。

總有一天會知道的吧。總有一天。

33

心情是矛盾的，一方面失望沒見到笑美子，一方面又鬆了口氣。在找到人生方向之前，我認爲自己沒有資格見她。

飛機平緩飛行在太平洋之上、夜晚之下，光線微弱的機艙裡，機翼閃爍的紅點變成最好的凝視對象。我想起許多人的臉，蘭姨的、今西夫妻的，甚至是我不知道名字的新來繁春堂工作的台灣女生。他們的表情都有一種面對自己的眞誠。我呢？我誠實面對自己了嗎？我轉過頭，只見叔公戴著眼罩，不知道睡著了沒。

「叔公。」他維持同樣姿勢，嗯了一聲，「叔公，我在想，我……我很喜歡揚子堂，眞的，也喜歡揚子堂裡的每一個人。但是，但是怎麼說呢？」我很努力搜尋詞彙，努力到舌頭都乾乾的。好，徐安群專心一點。

「我總覺得自己無法成爲決定揚子堂要不要繼續的人。」叔公沒有出聲，可能他聽不懂我要表達什麼，於是我用力壓著太陽穴，試圖壓出一些話語。

「我知道大家可能期待我接下揚子堂，期待我有一天說好，但是，今天看到繁春堂當家們的相片，我在想，啊，這家店的命運就是這些人決定的呀。我沒有辦法成爲那樣的人。」我深吸一口氣，「或者是說，我沒有資格成爲那樣的人。」

許久許久，叔公都沒有回應，正當我判定他肯定是睡著了，一切都白說的刹那，他以我前未聽過的寬容語氣說：「我知道。我才是必須回答這個問題的人。不應該讓別人做決定。」

「小安，一直以來謝謝你了。」他說。

34

回到台灣後，叔公已經兩個星期沒有來揚子堂，縱使來也只是看頭看尾，一下就走了。大家猜測叔公是因爲蘭姨而太傷心了，但我認爲他應該是在愼重思考，那個只有他能回答的問題。

「大哥！」率先看見叔公的是黑臉。

我們一行人拉開店鋪鐵門，發現叔公已經坐在裡頭，如廟門石獅。

「都坐吧，我有事要說。」叔公說。

大家拉著塑膠椅，以他爲中心坐下。黑臉低聲說，以前從未這樣。大家都坐定了，叔公仍沒有馬上說話。從鐵門縫隙爬進來的日光，剛好亮在他和我們之間，彷彿一條界線。黑臉耐不住安靜，又喊了聲大哥。他清清喉嚨，似乎是一長串話語之前的準備。

「我啊，十四歲就在店裡幫忙，三十五歲接下這間店，沒想到一轉眼就這麼久了。一開始，我也不喜歡做餅，每天從早忙到晚，一做就是十多個小時，灶腳像火爐又悶又熱，哪是一個囡仔待得住的？阿爸告訴我，做餅是爲了顧腹肚，將技術傳給我也是希望我能養活自己。如果我像阿兄會讀冊，他絕不讓我做餅。我沒出息，除了做餅什麼也不會，去不了別的地方。一直到我遇見阿蘭。」

「阿蘭喜歡我們的餅，她吃了會笑，讓我覺得做餅終於有點意思。人生就是這樣，不是所有事情都會順你的意。阿蘭消失後，我還傻傻等。爲了維持那個滋味，阿爸留下的配方，我一公克也沒改過。」

「不過，這是不對的。做餅師傅都知道，配方是死的，死的東西沒有辦法持續，而人的舌頭會變，總有一天這款餅的口味會被人嫌。這個道理我怎麼不知道？美滿和白兔也提醒過我，現在時代不一樣了，太甜了要改。我不想改。這個餅對我來說，就是阿爸的味道、阿蘭的笑容。我是很固執的人，揚子堂就是被我的固執給斷了生路。」

「糕餅有過很輝煌的時代，那時候每天都有人來餅街買餅，也有過連一口餅都不敢吃的落魄時代，毒奶粉、黑心油，唉還有很多很多啦，把糕餅名聲都打壞了。現在好不容易爬起來，時代卻變了，年輕人喜歡吃外國人的點心，對我們台灣的糕餅不願意吃也不願意了解。」他鮮少講這麼多話，不得不停下來，「說這個也沒有用。我也看開了，這些年，店裡的人來來去去，只有美滿、黑臉、白兔待得比較久，不過你們總有一日也會去別的地方。」

黑臉這麼一聽，挺直身體想要反駁，被叔公阻止了，「聽我說。這家店最後只會留下我，後面沒有人了。」

美滿姨嘴快，她馬上說：「還有安群呀！」

他搖搖頭，「安群有他自己想做的事。」

我聽見這句話，臉一秒浮現羞愧的紅色。我還沒找到想做的事情。

「啊不然，黑臉呢？白兔也不錯呀？」美滿姨一說完，黑臉表示自己已經講過好幾遍，他只會做餅，不會賣餅也不會管理；白兔也謙虛地說，自己能力不夠，無法兼顧事業與家庭。美滿姨這才悶悶閉嘴。

「你們別吵，我還沒講完。」

「我固執了一世人，是安群帶我去了日本才知道，要經營百年老店有多麼不容易。做頭家的，不只要承擔，還要看得遠，從小教育自己的孩子，要放很多氣力培養下一代經營者。我只會做餅，從來沒有想過以後的事，不知道傳承一間店的困難。所以才變成現在這樣。沒辦法做了，才趕快找一個人來接，那是不對的。扛一個百年老店的招牌，那要每一代的人都有相同決心才有辦法。不是一個人或兩個人要做，就做得到的。連我自己都沒有這種決心，旁人又有可能有嗎？」

「揚子堂，你們知道爲什麼取這個名嗎？」叔公如此一問，我才驚覺自己竟從未想過這個問題。

「我阿爸林江，希望餅舖能像自己的名字一樣，是一條江河，一直流一直流，生意也會長長久久。長江，是他知道的最長的河，不過他故意用長江的另一個名字『揚子江』作店名。這樣客人來買餅問起，才會覺得他這個做餅的，讀過冊、有學問。」

「取了這樣好的名字……」他停頓了一會，「啊，六十年，現在回想起來，也不錯啦，我們餅舖在這條街也是頂出名，好壞都遇過了，沒什麼遺憾了。可惜歸可惜，也算是對阿爸有交代了。」

叔公說到這，沒有人想打斷了，那藏匿在背後的結論，讓每個人的表情都像遇到船難而前方沒有陸地。

「當然，我也會不甘。我的一生都在這裡度過，餅舖沒了，以後也不知道能去哪，想來也會害怕。不過，活到這把歲數了，也要接受天下萬事都有它的時間。一間店的命運，一開始就註定了吧。」他拍拍自己的腿，「說這麼多，你們應該也猜到了。我啊，想休息了，想過不執著的人生。揚子堂也是，可以休息了。」

「該付你們的，我一毛也不會欠。未來也不用擔心，有技術的師傅，去哪裡都不會餓肚子。有需要的話，我可以找認識的餅店安排你們進去。」

最後，他向我們低頭敬禮，「謝謝你們，陪這間店到現在。還有，忍耐我的壞脾氣。」

「揚子堂做到下個月。」叔公終於下定了決心。

35

就像我和笑美子的愛情，大概也是從一開始就註定了。

我坐在綠川旁，想著這裡昔日被稱作「小京都」，因爲台中棋盤式街道和柳川、綠川河流位置，都與京都的鴨川、桂川一帶相似。這不是很諷刺嗎，逃了那麼遠，還是與笑美子相關。

「還好嗎？」品芯來的時候，她坐走我身旁的空位。電話裡她沒說原因，只約好在這裡。她看上去是匆忙趕來的，連脫下安全帽後都沒來得及撥順頭髮，髮尾翹得似狗尾草。

「你還好嗎？」她又問了一次。我點點頭，不明所以。她探進眼睛更深處。「我以爲揚子堂的事會讓你很沮喪。」

綠川偶爾的蛙鳴，在這個時候響起來。我很想說謝謝，謝謝妳關心，卻無法。我緊緊閉著嘴，將暖意一點一點納進心裡，就像冬天國度的人會耗費數月蒐集編織手套的毛線，那般緩慢而愼重。

「接下來呢？你打算怎麼辦？」

肩膀比我還快知道答案，它聳了聳。

「第一次聽叔公講這麼多話，他是眞的認眞的，好好思考過了。果然，有些問題只有自己能夠回答，我卻逃避了那麼久。這幾年我到底都在幹嘛。」

品芯思索得比平常還要久，久到我後悔將自己的煩惱去打擾她，殊不知，她的話語招來夏日的螢火蟲，緩緩點亮了河岸。

「你都在找尋呀。」她說。「你去了日本、去了繁春堂，又來到揚子堂。在這麼長的旅途中遇見這麼多人，看起來好像沒前進，但一定有什麼是被他們所改變的。不是嗎？」

螢火蟲輕輕飛越岸邊植物的葉梢，如同她的話語，最後輕輕落在我心上，卸掉名爲自責、懊惱、迷惘的種種枷鎖。如果可以，好想輕輕抱住她。但是我沒有，我只是望著夜空微笑。

「啊，眞捨不得，揚子堂不應該是這樣。雖然我沒有資格這麼說。」說完，只覺得自己既任性又無用。

「叔公知道你盡力了，而他也盡力了。我們現在能做的，就是盡可能記住這一切。」

「記住這一切？」

「你還記得大學畢業前做了什麼嗎？」

「大玩三天三夜？瘋狂拍照？瘋狂聊天？」

「差不多是那樣吧。」她笑了。「重點是，享受最後的最後，留下不後悔的紀念。」

36

我能爲揚子堂留下什麼紀念呢？有頭緒之前，叔公已經將關店公告寫好了。以前他寫字是爲了蘭姨，現在，他以同樣漂亮的字，爲揚子堂寫下結局。

我將寫著「揚子堂將於八月底結束營業，感謝多年支持。」的公告，貼在店門玻璃上。爲了確認是否貼齊，美滿姨也一同走到門外。縱使要結束，這種小細節也要做好。這是她紅著眼眶說的。她走進店裡的身影，明顯少了平日的氣勢，宛如被夜晚吞噬的晚霞。我最後再看一眼公告，孤伶伶的，多麼安靜。

一整個星期，大家都籠罩在關店的陰影裡。叔公眞誠的自白，換到了所有人的理解，然而，即使他們都能理解，心情還是如空轉的攪拌機，低落麻木。黑臉脾氣更趨暴躁，撒的麵粉總是亂飛。白兔和帕克倒都很灑脫。白兔開始找新工作，畢竟還有妻小要倚靠他，再不捨得揚子堂，腳步也不能停下。帕克則覺得要尊重叔公的決定，或許曾經放棄過什麼的他，是最能理解叔公心情的人。阿原呢？阿原這陣子常常鬧失蹤，最後都是在物料間找到他的，原來他也喜歡躲在這裡想事情。我們一句話也不用說，就能融入彼此的心事裡，一起對著麵粉袋發呆，對於現實毫無改變之力。

牽先敲碎這種灰色氛圍的，是電視台記者們的麥克風。他們將麥克風抵在美滿姨的鼻子上，趕著要證實揚子堂即將結束的消息，而我這才眞正感受到揚子堂在餅街的地位。

爲了打發這群記者，叔公不得不出面說明，那說明如公告一樣簡略，我們要關門了，謝謝關心。而記者永遠都有問題可問：爲什麼要結束營業？沒有年輕一代願意傳承嗎？是否與食安風暴或原物料漲價有關？據說你們與附近同業有糾紛？

「欸，你們眞的要關店囉？該不會是行銷噱頭吧？喂喂，我在跟你說話，我餅店在對面，你記得吧？」我在店門口請記者先生小姐回去時，有人叫住我，我認不出他是誰，只能呆愣聽著。這時候美滿姨前來搭救，她把我拉進店裡，自己走到那人面前。

「楊老闆，馬路如虎口，你特別走過來有何貴幹？」我想起來了，那是美滿姨最討厭的楊老闆。「你如果覺得這種行銷噱頭有創意，你們也可以試試看呀？」他們語氣甜膩卻銳利似劍，一來一往，聽得令人頭痛。

我帶著渾沌上樓，很慢地才發現，今天揚子堂異常忙碌。我拉住經過的帕克，他急急地說：「許多人聽到揚子堂要關門，打電話來訂餅，數量都是三盒起跳。」

「眞的假的？」

「眞的！」他大聲一喊，匆匆抱著一袋麥芽糖離開。

我被眼前景象所喚醒，一切才漸漸眞實起來。黑臉的黝黑下巴不小心染了白麵粉，夏末炎熱加上過度勞動讓白兔開始冒汗，面無表情的阿原快速攪拌蛋黃，帕克來來回回搬運了好幾袋麥芽糖，讓人有種中秋提早到來的錯覺。

不知道該怎麼消化此刻的複雜情緒。即將失去的，才有被珍惜的可能，而我們所有的努力，竟然都是爲了迎接終點。多麼荒謬。

「欸！年輕人！你以爲今天就關店了嗎？還不趕快動起來！」黑臉雙手忙碌，卻狠狠踢了我一腳。

「是！」想起品芯說的，盡情享受最後的最後吧。我挽起袖子，加入他們。

接下來幾日，報紙、電視台、網路媒體都在報導這件事，揚子堂擠滿了得知消息的顧客，有的老面孔美滿姨說已經十年沒見，有的新面孔看了新聞覺得一錯過便是一輩子，趕緊來朝聖，當然也有見人排隊而排隊的，形成整條餅街只有揚子堂在排隊的奇異畫面。我甚至在社群網站上看到，許多符合網美標準的女生於這裡打卡，文字寫著：「不知道爲什麼要排隊，但先排就對了。買回家媽媽才說，她年輕時都吃這家的餅。眞是時代的眼淚。用新台幣下架，讓老闆好退休囉！」

這不就是每個餅店都期盼的「舊雨新知」與「門庭若市」嗎？

美滿姨許久沒見這麼多人一次擠在揚子堂，她徵召我和帕克下來幫忙，原本無事泡茶的叔公上樓補齊師傅位置。忙碌之餘，電視台記者天天來報到，他們知道叔公不接受採訪，便訪問排隊民眾，導致新聞越滾越大。

不只是顧客，下午還來了生意人。整件事情經過，我們都是聽美滿姨的事後轉述。

「剛剛隔壁吳桑，帶一位穿著十幾萬名牌西裝的人來，你們猜，是安怎？那位先生說，想要買下我們揚子堂的招牌！他說，揚子堂關了可惜，不如讓他經營，他保證用原來的師傅和作法。喔，他還說要給頭家分紅，當作退休養老金。聽起來不錯吧？揚子堂不用關門，頭家什麼事也不用做就可以拿養老金，多好呀！吳桑也說這是對揚子堂最好的辦法，不然這條街又少了一間一起打拚的老店，他也不甘。吳桑這個人也是不錯啦，爲人正派，這麼多年來也不會因爲要賺錢跟你交惡，哪像楊老闆，成天在對街盯著。」

美滿姨總是這樣，說著說著就偏離主題了。

「所以頭家答應囉？」白兔急急問。

話題被打斷，美滿姨沒好氣地說：「你覺得咧？」

黑臉發出一個中氣十足的短促笑聲，嘴角勾起意義不明的微笑弧度，彷彿已經猜到結果，毫無興趣地率先走開。

「頭家說：『揚子堂只賣餅，不賣招牌，請回，謝謝。』」她成功模仿了叔公低沉陰鬱的嗓音，讓我們所有人都得以想像那話語瞬間爆發的威力。

我們都笑了。在彼此的笑容裡，我明白了，那不只是對叔公個性的一種理解，也是因為感受到「揚子堂始終是我們的」，所湧現的安心。

我想，一家餅店存在的獨特，不僅僅是招牌三個字，或是糕餅獨門配方，更重要的是「人」。相信無論是黑臉白兔或帕克阿原美滿姨，都跟我一樣無法想像沒有叔公的揚子堂。更厚臉皮的想法是，不管數十年來來去去多少師傅，能夠陪揚子堂走到最後的，只有我們。

此時此刻，少了任何一個人，包括我，揚子堂都不再是揚子堂。

37

關於品芯說的，要爲揚子堂留下不悔的紀念，我反覆想了好幾個晚上，終於有想法了！

我決定在「流浪者日誌」開啓三十天計畫，記錄揚子堂六十年歲月裡的最後三十天。計畫一公開，我才知道有那麼多格友對於糕餅充滿關注，那一則則的留言，有支持、有打氣，甚至有格友特地來揚子堂買餅。他們想要以陪伴台中百年舊火車站退役的心情，一起陪揚子堂走進歷史，於是，他們也都在歷史裡，我也是。

計畫雖以最後三十天爲名，倒不單純是記錄日子，我想記錄更不一樣的事物，眞正屬於揚子堂的，其他餅店無法復刻的回憶。從最基本的歷史著手，我寫下叔公父親林江先生的故事，林氏家族投入製餅的緣由也包含其中，橫跨清領，回溯日治。如果揚子堂是一條長河，源頭必要從那時說起。當然，也寫叔公以懵懂年紀接手，歷經糕餅蓬勃發展的年代，也歷經毒奶粉、黑心油的食安風暴。那些起起落落都化作叔公雙手的皺紋。

然後呢？揚子堂眞正該被記錄下來的是什麼？我環顧眼前日復一日的景象，突然重疊了笑美子的心情，她曾說京都多年如一日般無聊。我當時是怎麼說的呢？假裝自己是外地人，試著用全新目光觀看。

好吧，我閉上眼，心裡默數十五秒，接著，三、二、一。

眼睛再睜開時，揚子堂的時間剛好來到下午，外頭日光以四十五度角照射，恰巧在第二片玻璃窗的右上角，產生了聚焦的光亮。我走過去，以前所未有的仔細，凝視那片毛玻璃。透光處是朵圓弧花朵，宛如是只有四瓣的梅花，而花朵的上下左右，複製出更多相同的花，以格狀整齊排列。花與花的縫隙處，有另一種放射圖紋的小花。這兩種花在玻璃窗上，完美對稱與延伸。

「海棠花玻璃，四十年，老物。」阿原走過來，站在觀察鳥糞的老位置上。他說，這是叔公告訴他的，早期這種毛玻璃在台灣隨處可見，如今幾乎沒有生產，只有老建築物上才殘留了一點記憶。我們一起看著它，許久許久。

後來揚子堂裡的任何器具都在我眼裡熠熠生光，變成值得細細研究的寶物。大家不知道我爲何突然對這些平常東西產生興趣，卻都展現極度熱心，想要將知道的都告訴我，像是黑臉，他把我拉到店裡最常用的烤箱前說：「烤箱是我跟大哥特別去台北買來的，你不要看它黑黑舊舊的，在當時喔，這台就是現在的特斯拉，是最新、最進步的！

沒蓋你！」然後偷偷跟我說，他都叫它旺旺，這樣火才會旺，大台攪拌機叫大吉，小台叫小吉，冰箱是美美，擀麵棍……

「師傅，你連擀麵棍都取名喔？」

「你幫它取名，你就是它的主人，它就會乖乖聽你的，傻呀！」他收起興致勃勃的表情，離開前巴了我的頭。

又像是美滿姨，她一邊抱怨叔公從來不肯讓她擺放這些，一邊從一樓拉門櫃裡拿出十幾個泛黃餅盒，上頭有著各種簽名，大部分都是不屬於我這個年代的名字，可能只有年紀相仿的阿母才知道。裡頭最稀有的，無非是傳奇民謠女歌手的簽名，連我都認識的那種。

「她有來過揚子堂？」我拿出手機拍下來。

「有喔！還是我一眼認出來的！她很低調，帽子戴得低低的，一開始還不想承認咧！我千拜託萬拜託，她才願意在餅盒上簽名。離開前，你猜她說什麼？她說，她的老父親只吃我們家的餅。」美滿姨得意不到一秒，表情又哀傷至極，「唉，說這些也沒用，她父親過世了，我們也要關門了。」

為了轉移話題，我問起牆上熱心公益的獎狀，她馬上又以介紹自家可愛小孫子的驕傲口氣，一張張告訴我那是怎麼來的。最後，我們的視線一起停留在門口的蘭花國畫。

「這個喔，我就實在想不透，做生意的店，要嘛寫生意興隆的大字，要嘛老鷹駿馬也很有氣勢，頭家怎麼會擺這個。」她認眞在苦惱這個謎題。而我，頓時什麼都明白了。

那是一株寧靜美好的幽蘭。

我想，美滿姨是幸福的，她沒有望眼等待的人。於是也無法理解人們怎麼將思念之人轉換成所及之物，放在天天經過的地方，刻意感受光看一眼便無法自已的刺痛，藉以提醒不再復返的曾經。

38

「荒謬……」彷彿是小學生認字，我一邊唸出來，一邊在「流浪者日誌」打下這兩個字，試圖爲近日情況下結論。對，「荒謬」絕對是最貼切的形容詞。整件事說起來有多荒謬呢？

依叔公的個性，揚子堂結束營業可能就安安靜靜拉下鐵門，但他爲了對顧客負責，決定還是提早寫了公告。那公告一貼出所產生的影響，從來不是我們能預料的。媒體來了，佔據門口，把握機會訪問每一位顧客甚至是路人。顧客來了，伴隨而來的訂單直逼一整季銷售量。生意人來了，連附近同業都前來關切，有的像楊老闆質疑動機或慶幸少了競爭對手，有的像吳桑感嘆這個產業又少了一起打拚的夥伴。

「小安，你要好好看一看，這就是人情冷暖。」這是阿母說的，她喜歡啃著瓜子，聽我報告揚子堂每一天的發展，如同在看連續劇。

這些「人情冷暖」，我都寫進了「流浪者日誌」，引起格友討論熱烈，留言多到我只能瀏覽，無法一一回覆。這份心情是溫暖的，得知有人跟我一樣在乎，一家老店的存在與否，以及它即將告別的樣子。「流浪者日誌」不只撫慰我低落不捨的情緒，它也變成最佳倒數工具，每一天我都清楚這是揚子堂的最後第幾天。

今天，第十六天，我踩在第十六個階梯時，樓上傳來黑臉大得能震碎玻璃的怒罵聲。「我書讀不多，但至少知道『情義』兩字怎麼寫！」黑臉黝黑的臉，浮現藏不住的怒火之紅，他抬起的右手滿遍青筋，似乎與他一樣憤怒。帕克攔著他，也攔著他想揍人的心情，而被他砲火猛轟的對象竟是白兔！白兔表情堅決，抿著嘴在克制情緒。我拉了阿原的衣角，阿原搖搖頭，臉色比在場任何一個人還要慘白無助。

「你難道不知道現在的狀況嗎？店還沒關門，你就急著要跑了？還有幾百盒訂單要出！如果每個人都像你，難道要留大哥一個人扛嗎？」黑臉右手在空中比劃得激動，讓人有股錯覺，說話的是手而不是嘴。

「你在這裡也待了十幾年，大哥平常是怎麼待我們的？你怎麼可以在這時候離開？講話呀！你是啞巴嗎！」

黑臉的口水隨著最後一句你是啞巴嗎，濺到白兔臉上，白兔沒有擦，他平靜地表示：「我有跟頭家說了，他也答應了，我會做到後天才走。」

「你娘卡好！這不是大哥答不答應的問題！他當然會答應！重點是你良心過得去嗎？」

帕克試圖緩場，「師傅，白兔可能有他的苦衷啦，他還有孩子要養。」

「苦衷？誰沒有家庭要養！啊大哥是有少給他錢嗎？大哥知道他有兩個孩子，對他多好，你知道嗎？以前無論店裡多忙，學校活動讓他請假去參加，小孩生病讓他回家照顧，哪一次拒絕了？聖誕節，大哥還會特別包紅包，教他買禮物給孩子！」他怒吼完帕克，又轉過頭衝著白兔說：「幹，恁爸我今天不教訓你，我對不起大哥！」

見情況不對，我連忙上前架著黑臉，阿原則拉著白兔往後好幾步。黑臉的憤怒裡有豁出一切的力量，他身體所有線條都變得強韌，肌肉變成岩石，腳步變成地震，我無法招架地被他推倒在地，撞倒的碗盆如落雷四處響起。還來不及清醒，我模糊感覺第一個跑來身邊的是阿原，他直問還好嗎還好嗎，接著，白兔的聲音蓋過所有混亂。

「師傅！」白兔這聲師傅宏亮且巨大，「師傅，一直以來我都尊敬你是師傅，所以很多事情我都忍下來。但既然以後不會再見面了，今天就一次把話跟你說清楚！我最看不慣你這款對待下手的態度，又打又罵，你有尊重過他們嗎？我也看不慣你自以為全世界你對頭家最有情有義！有多少師傅是因為你才不做的，頭家有多煩惱你知道嗎？是我脾氣好，讓著你，揚子堂才相安無事到今天，這就是我對頭家的情義啦！日頭赤焱焱，隨人顧性命，我幫我自己有什麼不對？」

正當黑臉氣得說不出話時，叔公出現了。

「吵什麼吵！一大早吵吵吵像話嘛！」他環視在場所有人。在阿原攙扶下，我趕忙從地上爬起來。他問小安還好嗎，我點點頭。

「這事是我答應的，對方餅店中秋缺師傅，要他早點上工熟悉環境，他也是無可奈何。好了，事情到這裡爲止，繼續工作。」叔公一說完，只見黑臉又想講些什麼，白兔先早一步出聲。

「頭家看今天這種情形，我是不適合再待下去了，惹人嫌，把氣氛都打壞去了。拍謝，我做到今天可以嗎？」

沒有人說話，包括黑臉。這十幾秒的沉默，將已經不遠的離別變得近在眼前，帶來更沉重的眞實感。叔公留下句點般的「好」，轉身下樓。隨即，大家也無話可說地散開，回到工作崗位上。

我沒看過無聲黑白電影，但觀看起來，一定就是下午這個樣子吧。大家比平常更專心工作，幾乎沒有人開口說話，彷彿想要無視這是最後一次與白兔一起工作的時刻。白兔帶著淺淺的微笑，似乎對自己、對揚子堂、對所有人都感到無可奈何的抱歉。理智上，我覺得自己應該要把握機會，再多問白兔一點可以寫進「流浪者日誌」的事情，然而，悲傷支配我所有力氣，我只能機械式地做餅，將一天時光都揉進糕餅裡。

時間到了，白兔謹慎摺起他繡有兔子的圍裙，放進裝滿私人物品的紙箱中，說了聲有緣再見，拒絕我們下樓送他。我們彷彿都被吞進鯨魚的肚子裡，感受接近真空的巨大死寂。

率先開口的是黑臉：「他忘了帶走該死的汗巾。」我們一同盯著那塊粉紅色汗巾，那是白兔老婆給他的，上頭如圍裙一樣繡了一隻白色兔子。他總是笑咪咪拿起它擦汗，又珍惜不已地洗得乾乾淨淨，讓它至今仍是粉嫩的紅。

「他沒有它就做不了餅，趁他還沒走，拿給他吧。」黑臉說這話時，頭低低的，令人看不清他的表情。將汗巾丟給最靠近他的我後，他走進另一個房間的陰影裡。

我緊握粉紅色汗巾，奔跑下樓，叔公算好時間似的，教我順便把這個信封拿給白兔。信封一摸就知道裡頭是一疊鈔票，頓時湧現的情感加重了它的重量。

「他剛剛急著走，來不及給他。你拿去，幫我謝謝他。」

「叔公，我怕自己沒有資格說這句話……」

「你是我的孫子輩，你說的話，就是我說的話。快去，他要走了。」叔公語畢，後門響起機車發動的聲音，我以這輩子最快的速度跨越桌子、椅子和遲疑，喘著氣來到白兔面前。

「不是說不要送了嗎？」已戴好安全帽的白兔，坐在機車上，似笑非笑看著我說。

「這是師傅發現你忘記帶的。」我遞上粉紅汗巾，不只是他表情複雜，連我都能感受其中的一言難盡。

「這是叔公要給你的。」他接過信封，跟我一樣第一時間就知道裡面裝了什麼。他慌亂地將信封推回來。我不行收，他說。我又再推回去，並且放開手，表現如叔公硬脾氣般的堅決。

「師傅，你一定要收。叔公說，謝謝你。」我只能說得這麼簡短，因爲再多說一個字，我的眼淚就會掉下來。

他從止不住的顫抖裡，抖落了從內心擰出的碎裂話語，「我沒有……陪揚子堂到最後……我沒有資格收……」體型高大如熊的白兔，原本每一吋精神都像岩壁般堅硬，然而他手裡握著的方巾與信封，卻像奶油融化他的意志，讓他如同他最愛的小女兒，在傷心時會抱著泰迪熊娃娃哭泣。方巾與信封，便是他的泰迪熊，被他緊緊壓在最靠近心臟的地方。

幾分鐘後，他平復心情，想起自己是高大的男人，擦掉了眼淚，笑著說：「安群，我不是跟你說，不要叫我師傅嗎？」

黃昏了。

39

白兔離開後，人手不足，訂單製程卻已經滿到八月下旬。叔公決定不再接單，將目前訂單好好做完也算有始有終。然而，正當我們都默默接受揚子堂即將關門的事實，其他人似乎還沒準備好，每天依舊擁入懷抱不同目的與心情的人潮，弄得美滿姨神經緊繃，看到人就怕，而叔公自然也沒有少被騷擾。破天荒的，叔公宣布要閉店一天，帶大家去散心。

這是揚子堂第一次也是最後一次的員工旅行。

早上九點，所有人在門口集合，依序上車。駕駛座是黑臉，他表示開自己的車比較安全，B字開頭的七人座休旅車，讓他假日可以帶女兒一家（包含兩個小孫子）出門玩。副駕駛帕克負責導航，後座第一排是美滿姨和叔公，第二排是阿原、我和品芯。品芯是叔公堅持要邀請的人。他說，自己能再見到蘭姨，一半要感謝我，一半則要感謝她。起初大家看見她有些一愣，下一秒她便自然成爲我們的一分子。

「不錯啦，出來走走心情比較輕鬆，天氣這麼好。」如同美滿姨說的，今天天氣極好，是那種天空會飄浮鬆軟白雲的清亮天氣，不同於在揚子堂工作回神時常常看見的，橘紫交融的悲鬱黃昏。

「我們先去孔明廟。」叔公如此說。相較於黑臉了然於心地點頭，我一開始聽到十分困惑。原來，孔明先師是糕餅祖師爺。這典故源自於諸葛亮將製作成人頭形狀的麵糰投入河中，以平息江川之怒，而「蠻頭」詞彙演變成「饅頭」，祂則成為麵點與糕餅界的守護神。

叔公說的孔明廟，位於魚池金龍山的山腳，我們從主要幹道轉入鄉間小路，很快來到廟宇腹地。樓高兩層的廟宇，門口一座劉備三顧茅廬像，為孔明先師的故事開啓序幕。我們踏進主殿，大小神像一字排開，多尊孔明像手裡的羽扇也是大小不同。

叔公來過多次，他走在前頭，指示我們拿香、點香，最後在神前排成兩列。

「弟子台中揚子堂林義，感謝孔明先師保佑多年。弟子無能，因為諸多因素，揚子堂只做到月底，特地來此向您稟告。世事無常，吃到這個歲數，唯一放心不下的，就是身後這些師傅，他們做事頂眞、技術也好，希望您能繼續保佑他們，未來都有不錯發展，這樣我也算了無心願。」語畢，叔公持香至額頭高度，謹愼地朝神明三拜。

廟裡空間總是共鳴的，小小話語都會放大迴盪，於是他所說的話，我們都聽見了，讓我們每個人的敬拜都更加虔誠，同時也祈願神明能保佑眼前這位糕餅人，能健康平安、再無煩惱，才能回應他一直以來的照顧。

離開孔明廟，我們賞湖、坐船、騎腳踏車，把即將到來的離別遠遠拋在身後。然而時間是殘酷的，如同車窗外的日落天色，一致地倒映在每個人眼裡，讓感傷具體得無法忽略。

叔公在這樣濃郁的氣氛裡開口，問了問我們未來的打算。或許大家都不想讓叔公擔心，口氣略顯不自然的開朗。黑臉說，他決定接受叔公的建議，帶著阿原前往另一家認識的餅店工作，他會照顧好阿原，不受人欺負。帕克不好意思地表示，他決定回去麵包業，縱使只是巷子裡無名的麵包店也無所謂。數十年來接待上萬組顧客的美滿姨，笑著說自己可以退休了，留點話跟家人講。叔公聽了很滿意，不斷點頭，直說好。

輪到我了，我講出想了許久的答案：「我想去台灣各地走走，直到我找到想做的事情為止。」不管是一星期、一個月，還是一年，只要不斷追尋，總有一天，就能找到吧。

後來沒有人再開口講話。

品芯靜靜睡著了，一個山路轉彎，滿山的野薑花香撲來，她的頭輕輕靠在我的肩膀，而頭髮倒映著經過的路燈光色，時橘時黃，時明時滅。就像曾經體驗自信莫名湧現的所有人一樣，我也突然在品芯髮絲上明滅的光亮中，感知並相信所有的路都沒有白走，它們會換成另一種形式留在生命裡，並在某個時刻重組成嶄新道路，指引我以更好的姿態往前。我是這麼相信的。

40

今天是揚子堂的最後一天。

我想起自己曾經在天剛亮之時，站在對街，遠遠觀看揚子堂與其他餅店一起佇立的樣子，感受六十年如一日的流逝。有的店還沒醒，有的店拉起一半陳舊鐵門，發出的聲響如果要形容，大概就像是輾壓過時光吧，沉悶又脆裂。我會想著，又開始平凡的一日。

大家肯定都跟我一樣，也如同平凡的往日一樣，從開了一半的鐵門鑽進去，向美滿姨說聲早，鼻子吸滿前一天沉落的餅香。拾階而上，無意識地記住每一階磨石子梯的花紋、觸摸扶手的冰涼，來到二樓，洗手、穿圍裙、戴帽子。

唯一不同的是，今天想確認製作數量，卻發現比零更荒涼的是，沒有叔公的手寫單。攪拌機和烤箱也沒有被打開，一整日都懸浮著麵粉般的安靜。我才想起，對了，今天不用做餅，所有訂單已經消化完畢。

沒有什麼工作，大家還是來了，緩慢地整理私人物品，以及道別。那時候我才明白，爲什麼那時候白兔說不要送他，因爲面對面要說出再見兩字有多麼艱難，好像說了，便眞正結束了。我也明白了，爲什麼美滿姨今天不願來，她怕自己會哭。她的擔憂是對的。

「先走了。你們這些臭小鬼，繼續加油嘿。」不同於我拖著時間，黑臉似乎不想被沉重氣氛所凝固，率先離開，經過我和帕克都來一記招牌巴頭動作。爲什麼獨漏阿原呢？大概是他知道阿原這個怪小子還會跟著他，日後還有「動手」的機會呢。

「有心就會再見面，放心吧。」帕克習慣離別，依舊一臉帥氣爽朗，拍拍我和阿原的肩膀，讓我們三人同時想起了餅季那日完售的景象。「那天的落日，眞的好像蛋黃酥呀。」他以明天還會見面的語氣，笑著說。

剩下我和阿原，阿原沒有說話。

「阿原，我會常常去找你的。況且，你還有黑臉罩你呢。」

「我沒有，特別，想讓他，罩。」他嘀咕。

我笑了，「那就換你罩他囉！你也知道黑臉容易跟人吵架，記得要阻止他。」他點點頭，我們握了握手，直到我說了超過十次會去找他的，他才終於願意下樓。

或許，道別在出遊那日便道別完了，大家都明白自己該前往的方向，那樣的心知肚明。於是，他們一個接一個，從二樓到一樓，用做餅的雙手與叔公少了一隻手指頭的手，緊緊相握，哽咽說謝謝。離開時，他們手上不只有裝滿鈔票的信封，還有揚子堂的氣味。揚子堂一部分的靈魂，將永遠活在他們的雙手裡。

他們都走了，剩下我和叔公。

「你也回去吧。」叔公要我回家，卻默默上了樓，將剩下原料拿到工作檯。我纏著他問，他拗不過，「我還想再做最後一批餅，送給揚子堂的貴人。」

叔公心裡有一份名單，上頭有曾經在急難時幫過揚子堂一把的同業、無論大小節慶都來買餅的多年老顧客、一路走來相伴的親朋好友，他要親自給他們送一盒餅過去，表達多年來的謝意。

「這是我最後能做的。」他說。

我數了數，至少要做兩百多片太陽餅，「叔公，你怎麼不讓黑臉他們幫你？」

他又是那副硬脾氣，只說：「自己做的才有誠意。」

既然叔公曾說我是他的孫子輩、能夠代表他，那麼幫一點忙也是可以的吧？我換好制服，洗乾淨雙手，在一旁協助叔公，他沒有反對。

兩個人的工作區，跟六個人都在的時候不同，聲音不同。後者各司其職，攪拌機、烤箱、擀麵棍、鍋碗器具、說話聲，音調與音量高低大小相互錯落；只有我和叔公時，任何聲音聽起來都是整齊的，我們攪油酥、擀餅皮、包酥包餡、壓扁蓋印、送烤箱，同一個動作、朝同一個方向進行，規律且平靜。

等待烘烤好的太陽餅冷卻期間，我買了便當作晚餐，叔公則破例在工作檯上泡茶，還開玩笑說千萬不要讓別人知道。叔公的熱茶與剛出爐的太陽餅，溫度與味覺皆十分和諧，然而這樣的味道就要消失了。

「叔公。」他嗯的一聲表示有在聽，低頭撈取壺裡泡透的茶葉，「叔公，你會不會覺得遺憾？」

「不遺憾。我能做的，都做了。」他沒有抬頭，彷似這個問題一點也不困擾他，「小安，世間所有事情都有盡頭。盡頭之後，又是新的開始。」

「離開這裡後，你就不要再想揚子堂了。你要認眞去找想做的事，這才是年輕人該有的態度。知道嗎？不要渾渾噩噩過一生。」他挾出最後一團舒展開來的茶葉，散發出來的熱氣與茶香，在空中漂浮了一會，又不見了，宛如這段對話不曾存在。

計時器響起，太陽餅的溫度已經降下來。我們開始操作自動包裝機，將太陽餅一片片包好，再溫柔放進禮盒裡。接近九點，我們終於將叔公的心意都變成了暖紅禮盒。

「這些我一個個親自送去。你也不用幫忙，我順便去敘舊。」叔公亦交代一盒讓我帶回去給阿母，一盒寄去繁春堂，但我數了數，還多出兩盒。「一盒你拿去，看要送給誰，就送給第一個想到的人吧。」此刻我心裡想起的是品芯，好像理所當然，又好像此刻才窺見了自己內心最深處的祕密。

接著，他拿出一張紙條，遲疑了許久，才放進最後的那個禮盒裡，「這一盒麻煩你，幫我寄。」

地址是日本神戶，紙條以慎重且寫意的字跡寫了：「祝妳幸福。」

我抱著糕餅禮盒，臨走前又東摸西摸，試圖不要讓對話結束，拋出許多毫不重要的問題，像是店裡盆栽沒有人澆水怎麼辦？彷彿這麼做，這一天就能無限延長，揚子堂就不會眞正結束。我們話語一來一往又斷斷續續，直到叔公第六次表示趕快回家吧，我才發動機車。

「小安。」叔公叫我的時候，他正抬頭仰望揚子堂的招牌，我趕緊又將機車熄火，

「你要記得，不一定經營老店才叫傳承，會永遠留在心裡的，才叫傳承。」

他那了無心事的笑臉，讓我想起好久好久以前，不愛笑的他，曾經在某次以同樣的笑容拿餅給我，一邊和藹地問：「小安，好吃嗎？」

叔公站在揚子堂前的身影，看起來非常孤獨。然而，在那樣的孤獨裡有一種飽滿，就像笑美子曾經告訴過我的「金繕」，生命裡的傷痕經過修補，將變成完美的不完美，閃閃發亮。

41

離開揚子堂後，我跟阿母說：「我要去流浪一陣子。」

原以爲會受到反對，想不到她只顧著吃太陽餅泡牛奶，頭也不抬地說：「路上小心，記得回來。」

我才突然明白，「成爲平安健康的好人」就是阿母給予的最大自由。

品芯得知我要去流浪，表情有些不捨。她的感情，我是否能有些期待呢？然而我還是狠下心跟她說，這陣子我不會用通訊軟體、社群軟體，只回歸到最原始的手機功能，別擔心，必要時打電話還是能找到我，也保證每晚更新「流浪者日誌」，作爲報平安的訊號。她笑了笑，說要每天留言保持聯繫。

有必要與外界切割得如此極端嗎？我不知道。我只是迫切渴望找到努力的方向，希望完全淨空自己，去感受、去體驗、去答問。

騎著機車上路，我一路往南，沒有任何計畫，餓了吃飯，累了找旅館休息，看見想轉彎的地方轉彎，尋到漂亮景色就坐著靜看。每一天都不是預先安排好的，等於將自己丟進全然的空白裡。控制狂帕克說，這種事他做不來，太可怕。我倒不覺得，人生地圖上的茫然才眞正可怕。我期待，秉著這一股只想前行的衝動，或許答案就在不經意的地方被尋到。

騎在自由的路途上，「做決定」必須果決，否則一騎離便很難回頭。於是當我在路旁發現一處日式木造老宅，似乎是茶飲點心舖，立刻決定停下休息。女店員遞上冰開水與菜單，介紹自家產品都是使用日本進口原物料製作，招牌甜點還是特地去日本學藝帶回來的。

「上生菓子。」翻開菜單，我愣愣地說。除了台灣人喜歡的銅鑼燒和蕨餅，菜單上還有夏季的上生菓子，「向日葵」、「金魚」與「花火」。

她聽了有些驚訝，畢竟一般台灣人縱使知道和菓子，也不見得知道上生菓子，而老闆在裡頭聽見對話也出來打招呼。一聊才知道，他們是一對夫妻，多年前看了日本美食節目，毅然跑至東京製菓學校學習和菓子，回國開了這家店。這屋子眞的是從日治時期保留下來的，花了好長時間才說服屋主出租。他們得知我曾在京都老舗工作，更是興奮分享了江戶菓子與京都菓子的製作差別。直到下組客人進來，他們才一臉抱歉地回到崗位。

從來沒想過，能在台灣吃到上生菓子，還十分講究的，附上傳統黑文字木籤。隨著每一口融化的甜味，內心的感動越來越滿。今西太太若是知道，興許就會哭出來了吧。和菓子，來到了台灣呢。

撫摸著店裡的木頭地板，我想像一百年前的日本人來到台灣，使用台灣山裡的木材，建造了日式的房子。而一百年後，台灣人遠赴日本，學了和菓子技藝回來，延續了這棟房子的生命。在歷史洪流中，台灣與日本的匯流是多麼不可思議。

這麼艱深的事情，恰巧經過的國小生是不懂的。他們闖入這片寧靜中，邊低頭操作掌上遊戲機，邊討論彼此的志願，聽起來又是國小時期必寫的作文難題。較高的那個，語氣十分老成，決定隨便寫就好，反正寫上去又不一定成眞，就像他堂哥大學讀生物系，畢業後卻跑去開飲料店。較矮的無法理解，直問：那他爲什麼要塡生物系？

這讓我想起，向來不管事的阿母，唯一有意見的，就是我大學塡了日文系。爲什麼是日文系？她問，卻又自顧猜測是因爲我房間充滿了日本少年漫畫的關係。眞的是如此嗎？其實我也說不上來，是潛意識，還是巧合呢？

不管如何，多虧日文系的背景，我才能在繁春堂工作、遇見笑美子，也才有能力帶叔公找蘭姨。是否也因爲這些積累的緣分，此刻我才會坐在台灣人開的和菓子店，深感共鳴呢？

品芯說的對，我已經被旅途上遇見的所改變。這麼說來，世上應該沒有白走的路吧。沿途一片片的景色，都會變成風，風又成爲了外套，讓我彷似天地之間的飛鳥，羽翼漸豐，有能力朝意志之地前行。

42

連日的獨處，生長出一層透明薄膜，將我輕輕包覆，與外頭世界產生一種疏離。那樣的距離，不遠不近，剛好能將眼前所見與過往記憶幻化交疊。

我曾在山間樹林的落葉繽紛時，想起落在蘭姨裙襬上的餅屑。南部海岸的浪濤不斷，重現了紅豆滾落盆中的粒粒聲響，也不由得想起今西老闆說要清洗乾淨的叮嚀。又或是汗水滴在柏油路上的形狀，像極了瞬間融化於笑美子掌心的冰涼雪花。

更多時候，當我走進空曠的夜裡，呼吸著孤獨，放下所有恐懼，將滿天星空映照在內心深處，品芯的眼睛總會從那片星空裡浮現。那是不用仰頭尋找的北極星，是閉著眼也能看見的光亮。

我才知道自己，如此想她。

43

「你弄掉了我的雙糕潤！」說完，小鬼大哭起來。引得東港市場裡的大媽、大嬸全看向我。這小鬼大約只有小三身高，他撞到我的當下，正吃著所謂的「雙糕潤」，完全沒有在看路。那一塊深黑又淺白的軟軟糕點，瞬間與市場地板融爲一體。

「好，不哭，哥哥再買一塊給你。」

他哭得更大聲了，「我排了很久！買不到了！買不到了！」

好說歹說，他邊哭邊帶我去買的地方，就在市場一處不起眼的小攤，攤前排滿數十人，看起來都是在地人，手機一查才知道這是六十年老店。而雙糕潤，據說是早年漁村裡有一對哥哥爲了讓妹妹風光出嫁，特別研發這種糯米搭配黑糖的糕點，於是又有「雙哥輪」的奇怪別稱。

我們排在隊伍裡，但小鬼的哭聲讓前面的人頻頻回頭，我只好一直安慰他，我保證一定買得到，我保證。然而就在前頭只剩兩個人的時候，老闆大喊一聲賣完了，那小鬼哭得像是有大象踩到他。我的思緒被他弄得十分慌亂，正苦思不出辦法時，最後買到的年輕女孩遞來兩塊糕點，一塊給我，一塊給小鬼。

「はい、どうぞ。」來，請吃。她是用日文說的。

那小鬼立馬擦掉眼淚說謝謝，把雙糕潤塞進嘴裡。

面對這突來的驚喜，我趕緊用日文與她攀談，她聽見熟悉語言也嚇了一跳。這種開在市場的老店，通常只有在地人知道，她明白我的困惑，表示是看到網路推薦來的。於是我急忙把雙糕潤還給她，我這個台灣人可不能跟大老遠來的外地遊客爭食物。她急著回到同伴那邊，笑了笑說：沒關係，只是吃好玩的。

我們一大一小坐在漁港旁，海風從海上迎來，一陣一陣。我咬了一口長條形的雙糕潤，黑糖氣味濃郁，口感Q軟像麻糬。這是我頭一次吃到這樣的糕點。

「這下你高興了吧？」我問。那小鬼嘴笑眉笑地點頭，完全不像大聲哭過的樣子。如果是黑臉，一定會朝他的頭巴下去。

「我跟你說。」小鬼用講祕密般的音量，「這裡是風景最好的地方，我可不隨便帶人來的。」

他帶我坐下的地方，其實就是個尋常海堤，我們擠在同一根生鏽了的繫船柱上，放眼望去除了海，偶有前往小琉球的遊船經過，或是捕滿漁獲的漁船進港。若要說風景好，也頂多是帶有鹽味的在地日常。

他見我不信，手指指向遠方海平面一座A字形的橋，「你看，那裡有一座跨海大橋。」

嗯，然後呢？

「那座橋晚上點燈非常漂亮呦。」

可惜我可能看不到。

「那座橋是可以打開的橋！它的路可以升起來，讓船隻從下方經過呦！全台灣只有兩座！非常稀有！」

好吧，這稍微有點意思了，但所以呢？

見我表情依舊平淡，他把胸口整個挺起來，不服氣地接著說：「而且那座橋是我爸爸蓋的！」這應該才是他眞正想表達的重點。

「好厲害呀。」我想了想，衷心地說。

「對吧！」小鬼如果有尾巴，一定把尾巴舉得很高，「我爸爸說，因爲有了橋，這邊的人才能去那邊，那邊的人才能來這邊，他們才能看見不一樣的風景，然後再一起看見一樣的風景。」

小鬼說的話，很像眼前的海鳥，盤旋而過，彷似在炫耀自己的飛行技巧。我們都沒有說話，靜靜觀賞牠的表演。

風啊，又將我們的視線吹了遠一些，落在那座跨海大橋上，看人車在上頭來來去去，十分自由愉快的樣子。這就是橋存在的原因吧，橫越了山谷、道路、河流，幫助人們穿越物理上的障礙。但橋又不只如此，印象中今西太太曾經說過，她是怎麼說的呢？

風裡，好像有什麼暗示，一次次捲起我的頭髮，同時也捲起回憶。

啊，我想起來了。那日三位台灣女孩來到店舖，今西太太是不是眼眶泛紅說了：

「**謝謝你呀安群君，多虧你，繁春堂成為了台灣人認識和菓子的橋梁呢。**」

彷彿是關鍵字，令我想起更多事，如幻燈片一張張打在心裡，下一張是日本女孩遞來雙糕潤，再下一張是台灣夫妻開了一間和菓子店，還有蘭姨提起在雜誌上看見揚子堂的吃驚口氣，以及今西夫妻對於太陽餅的好奇……

橋，是爲了相互理解而存在的。

「就是這個了！」我大喊一聲，小鬼差點噎到雙糕潤，狠狠瞪了我一眼。

「謝謝你呀，臭小鬼！你剛剛說的眞好，因爲有橋，兩邊的人才能看見彼此的風景！」我將他抱進懷裡，他嫌惡地想要推開，並低聲抱怨：那句話是我爸爸說的。

「我徐安群找到想要做的事了！」我對著大海吶喊。

大海是很寬容的，回以粼粼波光。那波光，彷彿是無聲的鼓掌，又彷彿是筆直道路上的發光石子，要我繼續往前，不要懼怕。

44

接下來的日子，一眨眼就過了。

我的旅程並沒有在東港結束，反而是另一種開始。我繼續往南，順著南橫來到東部。

如果流浪是沒有方向的，那麼現在的我，已經是在「追尋」了吧，擁有目標並且前往，而這樣內心澎拜的美好，完全不輸給流浪的自由自在。

整件事回想起來，或許是有點好笑的，答案原來就在身邊，但我繞著轉著才發現。這樣也沒關係吧，沿途所遇見的人事物都是人生的必然。

這段日子裡，每到一座新鄉鎮，我率先前往在地糕餅舖，細細研究他們生活裡的糕點。這才發現自己視野狹小，以前僅知台中有太陽餅，卻不知道台東有太陽餅結合綠豆椪的「封仔餅」，花蓮的「雷古多」是以日文發音命名的唱片形狀餅乾，於日治時期發明的「花蓮薯」竟然也與和菓子有所關聯，而宜蘭「李鹹糕」則有獨特的金棗口味。當然，那不能只是表面的知道。

我曾經問過品芯：「採訪最困難的是什麼？」

她回答：「鼓起勇氣問問題。」

我將這句話當作護身符，踏進餅店前先醞釀好勇氣，隨機遇到老闆、店員或是消費者，都請他們說說對於這間餅舖的認識與情感。有的人很熱情，也不管你來歷，掏心講上一小時；也有謹慎的老闆，瀏覽過我的「流浪者日誌」才安心分享，最後稱讚我是有爲青年，非要贈送糕點才讓我離開。

每一位餅舖經營者都讓我想起叔公，又或這就是台灣人的骨氣，認爲只要專心將一件事情做好，時日一久，定會被人看見、被人欣賞。揚子堂以前也是如此，有著無人知曉的寂寞與傲氣。

我自然不認爲這樣的觀念陳舊，但如果可以，我希望能透過自己微薄的力量，多讓一個人、多早一些認識他們，也是好的。習慣努力的人，有了掌聲，更能激發努力。

我變成故事的收藏者，每天晚上緩慢而愼重地，一個字，一個字，寫下他們的人生。我也是橋梁，寫完中文後，再將同樣內容翻譯成日文。

如果台灣與日本有著語言之海相隔，那麼，我願意成爲彼此的橋梁。

憑著這股熱情，往往寫完時已經凌晨一、兩點。我躺在床上，疲累卻快樂，想著要趕緊休息，又期待著天亮出門，彷彿想做的事情太多，時間永遠不夠用。

原來，有夢之人的生活，都是這樣的。

45

我帶著自己的夢，在台灣各地遊訪了半年之久。因爲那封電子郵件，我才提早回到了台中。

那封郵件來自一間出版社，小小的，叫作「春日有光」。將春光帶進人們的閱讀裡，是他們的出版理念。他們希望能夠出版關於揚子堂最後三十天的書，這是第一本，第二本將是我於台灣各處糕餅舖的探訪經驗。提出邀約的編輯，好幾年前就已經追蹤「流浪者日誌」，他表示，相較以前茫然感十足的打工紀錄或許很貼近讀者，但現在的文字更有力量。他也相信，縱使部落格幾乎要被時代淘汰，但想要寫在上頭的內容，反而更經得起時光的考驗，絕對不是讓人讀完即忘的速食文章。

不急，編輯說，我們一步步慢慢來。

我們走得緩慢但專注，我花了一、兩個月重新梳理原始文稿，期間品芯讀了好幾遍並給予建議，出版社那邊針對排版、封面、紙質也多次討論，如同糕餅的繁瑣製程，一本書的誕生也是必須倚靠流程慢慢完成。

縱使有出版社爲後盾，我仍十分不安。我有資格出書嗎？這個問題，我問過自己不下百次。說來天眞，當我決定成爲台灣與日本的橋梁時，並沒有任何現實生活的利益考量，只想著寫、我要寫！沒有想過我決定以此維生了嗎、能夠以此維生嗎，甚至被動打算若是存款花完，便找一份穩定工作，假日再繼續這個夢。沒想到，路先自己顯現了，對於這不曾預想過的幸運，反而令人怯步。

直到品芯對我說：「安群，所有文字最終都想被人看見，這不是你決定的，是文字們決定的。現在，就是最好的時間點。」

她一字一字講得很慢，慢得夠我凝視秋陽折射進她眼裡的光點。而世界上無數個光點，唯有它，在那個時刻被我一個人看見了。

等紅燈時，我回想起這一切，有說不出的感動。路上的風，將機車踏板上裝有初稿的紙袋吹得沙沙作響。前往叔公家的路，我已經很熟悉，沒多久便聞到他常泡的烏龍茶香。

「小安，你來了呀？」退休的叔公儼然成爲溫柔老人，縱使嘴角沒笑，眼裡也有笑。「前陣子你去黑臉那，他們都好嗎？」

我去找了黑臉和阿原，他們現在工作的餅店離揚子堂不遠。可能是新環境，容不得黑臉太任性，脾氣看上去是收斂些，而阿原則是老樣子，看見我依然會勾起謎樣微笑。我想阿原十年後也還是這樣吧。

「那就好。白兔前幾天還寄來他做的餅，手藝又進步了。」叔公說桌上的太陽餅便是他做的，與揚子堂的味道既相同又不相同。

「帕克也是，他現在是麵包店二手了！」我說。帕克果真去了間又小又偏僻的巷弄麵包店，但驚人的是，店外每到三點就會出現排隊人潮，爭相購買他們家的蔥麵包。帕克說，越簡單的越難做，那其實也如叔公說的，世界上沒有一件事情是簡單的吧。

至於美滿姨，我常常見到她，她時不時會來家裡與阿母閒聊一整個下午，偶爾也會在叔公這邊泡茶，她與她的嘴都一樣閒不下來。

我們談論其他人好一會，叔公才問起出書的事，這也是我今天來的原因。

「來，快給我看看。」我用雙手將初稿遞給他，那是剛排好文字與圖片的版本。他接過時以自言自語的聲量，喃喃：「《鹹與甜》，這個名字取得好。」

他撫了撫封面，感受編輯特別挑選的紙材，摸起來有樸拙的質地，十分符合揚子堂歷經歲月的故事。他肯定也想起了，無償提供封面照片的攝影師余先生，他年紀比叔公更長，長年專注於拍攝台中舊城一帶，留下許多珍貴黑白老照片，其中一張便是一九五〇年代的揚子堂。

翻開內頁所發出的紙張摩擦聲，在這個刹那像極了麵粉過篩，讓我也在這之間想起許許多多事情來，彷彿電影鐵達尼號裡，年老的蘿絲再次觸摸到海洋之星時，將原本以爲遺忘的，以十倍細膩回想起來。那些在揚子堂的日子，我永遠不會忘。

叔公瀏覽到最後一頁，作爲故事結尾的照片，是品芯採訪那天拍的。我們，叔公、美滿姨、黑臉、白兔、帕克、阿原和我，一起站在揚子堂門口，光線正好，將我們每個人宛如爽朗晴空的笑容都如實呈現。

我們將視線停留在那張照片上，久久不語，久到我醞釀足了勇氣，才敢問出這個問題：「叔公，這樣是不是也算傳承的一種？」

「當然。小安，謝謝你。」他語氣溫柔。我抬起頭看見他笑了，臉上的每一條紋路也一起笑了。

46

離開叔公家，我去了郵局，將一封信寄到日本京都。踏出門口時，辦事人潮越來越多，大家急著進郵局，沒有發現旁邊一棵老烏桕。如同楓葉，烏桕也是紅葉樹種，秋季一來，葉尖從綠開始曖昧地變黃變橘，再以深紅感知冬天，最終隨著季節轉換而落葉清寂。這棵烏桕看似寂寥光禿，卻在樹頂還懸著幾片透紅葉子，在光的穿透下閃閃發亮。我仰頭看了許久。

品芯已經在約定處等候。她穿著明顯比自己身形還寬大的毛絨絨黑色外套，模樣特別可愛。說好是驚喜，她還是忍不住問：「你到底要帶我去哪裡？」我笑了笑沒有回答。

我們騎車上山，天氣晴朗，但空氣冷冽。初春山林仍殘留冬季冷意，每多過一個山彎，氣溫又下降了些。光線平均灑在每座山頭，讓我們得以遠眺遠方清澈的山景，看見山後頭的山無限延展。山路上，不只我們，幾台汽車也是往相同方向前進，其中一台車裡有個小女孩，將頭探出車外，似乎想感受山中溫度那樣的調皮。在那短短幾秒，我看見她髮尾綁的蝴蝶結正隨風拍動。蝴蝶結是粉櫻色的，令我想起笑美子，但不再有心痛感覺，如同我寫給笑美子的信裡說的。

那封信，相信不久後就會抵達京都，送到笑美子手上。我想像笑美子會洗了洗沾滿紅豆味的雙手，以謹慎心情，坐在繁春堂的側廊讀信。

信的開頭是這樣寫的：

笑美子，好久不見。繁春堂的大家都好嗎？

與妳分離後，我來到櫻花盛開的東京，然而因爲害怕櫻花的顏色，沒幾日我便逃回了台灣。

回到台灣，我進入叔公的揚子堂糕餅舖工作。揚子堂雖然不如繁春堂歷史久遠，但叔公也擁有今西老闆般的嚴厲，而這裡的人們，每天也以戰戰兢兢的心情在奮鬥。我很努力學習，希望能像妳一樣堅定地扛起老店傳承的責任，但是我失敗了。如今才明白，自己只是在模仿妳，也深深理解了妳當時的選擇。我想，眞正的傳承，可以有很多種形式吧？

騎了半小時山路，我們終於抵達目的地，眼前是一條山林小徑，安安靜靜敞著它的入口。山徑裡，樹枝茂密，只留有一些隙縫讓光線通過，而地面樹根盤錯、凹凸不平，彷彿即將通往更原始的森林。

「所以我們是來爬山的嗎？」品芯脫下安全帽，不確定地問。

「一小段而已。」我走在前頭，幫她開路。

在揚子堂的日子，我成長許多，學會了「技藝」，也學會了「心」。叔公與蘭姨的故事，亦讓我反省起自己。他們在年輕時相識相愛，分離後叔公仍一直在等待蘭姨，讓這一生都在憤怒與懊悔、期盼與失落中度過。然而，也是這些心情，支撐起揚子堂的每一天。他們一年前終於見面了，一切卻早已不同。他曾經跟我說，這輩子最後悔的，是從未祝福蘭姨幸福快樂。

笑美子，我不願像他一樣，所以鼓起勇氣寫這封信給妳。如今的我，看見櫻色已經不再心痛，而是充滿溫柔與感謝。

我時時回頭，確認品芯是否緊跟在後。偶爾，我們停下喝水，聆聽林中不知名字的鳥鳴，一起吸吐山林獨有的濕潤空氣。

「快到了。」我看著地上的公里數標記。

「看起來前面的路更難走。」她皺起眉頭。

我伸出手，等待。她沒有看我，卻毫不猶豫地將手放進我手裡。

我們牽著手，一起往前。

現在，我有喜歡的人了。

她在我最迷惘的時候出現，一路陪伴我，每當我有所困惑，她的話語都讓我相信未來是明亮且值得期待的。她是指標、是風向儀，輕輕鬆鬆就化解所有不安，給予往前走的方向與力量。我也必須爲了她變成更好的人，不再因爲自己的膽小而妥協。雖然她曾說，喜歡是一種默契，但若能將這份感情化作話語，定也很美吧。於是我要告訴她，我喜歡她，很喜歡。

還未走至盡頭，已經能看見前方隱約顯露的絢麗色彩。我們加快腳步，走出小徑的剎那，滿山滿谷的緋紅色宛如山神的花束，倒映在我們身上。我想起東京的櫻花，它們花色粉嫩，如同一場隨風幻滅的夢。台灣山櫻花就不同了，顏色深紅艷麗，擁有風雪都無法覆蓋的堅毅。如此不同。

「好美！」她驚呼。

品芯站在這令人炫目的畫面裡，也令我恍然目眩。我喊了她的名字，她回頭，背後是滿山櫻花。

笑美子呢？最近好嗎？上次與叔公去繁春堂拜訪時，妳還在東京努力學習和菓子呢。對於笑美子總有一天會成爲傑出和菓子師傅，我到現在還是如此相信，絲毫不懷疑。記得妳曾經問過我，台灣有什麼傳統糕點？我現在可以回答妳，除了太陽餅，還有肚臍餅、發酵餅、方塊酥、鳳眼糕……

這就是我想要做的事情。我想成爲人與糕點、台灣與日本的橋梁，讓更多人認識糕餅與和菓子。這個計畫可能會耗時多年，也可能根本沒有人在意，但沒關係，這是我有生以來，第一次湧現想要堅持的心情。

如今，我與笑美子終於是一樣的了吧。

關於信的結尾，我想了很久，直到想起與笑美子道別那天，茶室所掛的字畫，手便自然而然寫下這個句子，彷彿它已經等候多時。

笑美子，期待再會，在櫻花燦爛之時。

《揚子堂糕餅舖》完

後記

原來，這就是未來。

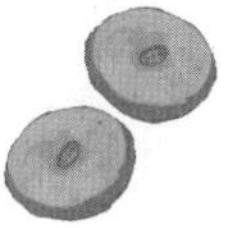

未來，眞的是一個有趣的名詞，充滿許多的「從未想過」。從未想過會成爲烘焙刊物的編輯，從未想過會寫一部以糕餅與和菓子爲主題的小說，或許更從未想過的是，自己會成爲全職小說創作者。縱使早在國中時期開始了小說創作，陸陸續續寫了近乎二十年、得過一些文學獎，但還是很驚訝那個始終沒有放棄的自己成爲了現在的自己。

在未投入全職寫作前，我曾經是台中烘焙刊物的編輯和記者，那是一本由台中市糕餅商業同業公會所發行，以公會會員與業界人士爲讀者導向的專業雜誌。很幸運的，自二〇一七年開始，我因而陸續認識與採訪近百位烘焙業者，他們有些是製餅經驗數十年的糕餅師傅、傳承百年老店的經營者，或是串起烘焙產業上下游的原料商與設備商，甚至也有致力讓國際認識台灣的麵包冠軍師傅。透過採訪，悉知了他們人生最困難也最精彩的光景，那些面孔、聲音與故事，那彷彿清明上河圖般遼闊又眞實的小人物生活，被我深深收藏在心。

因爲接觸了產業界，獲得一同前往日本參訪觀摩的機會，看見了不同於台灣師傅的風格與態度，深受日本職人文化的精神所震撼。於是，不只是台灣糕餅，小說中也出現了相對應的日本和菓子，相信透過兩種糕點的呼應與對比，更能凸顯各自文化特色。而對和菓子一竅不通的我，原本計畫前往京都取材，卻碰到新冠肺炎疫情剛剛爆發，只好翻閱台灣所能取得的所有書籍，同時踏查多間在台灣的日式和菓子店、參與和菓子實作課程，盡了最大努力去了解與展現和菓子之美。

小說融入了刊物採訪經驗，因此或許有人會問，眞的有揚子堂嗎？書裡提及的那些老店與歷史，也都是眞的嗎？小說以眞實爲本，但虛構仍是本質，爲了達到兩者的平衡，歷史發展脈絡確實如此，唯人名與店名都經過轉化，因此你無法在現實世界裡找到虎寮、雪齋或是山崑餅店，但若循著線索仔細考究，必能找到眞實之貌。或許這也是一種值得挖掘的隱藏版驚喜吧。而揚子堂呢？在我的想像中，它就坐落在台中中區聚集多家餅店的自由路上，既存在，也不存在。

除了在文化歷史與產業實作方面有特別考究外，小說人物的親屬稱謂亦有細細研究，然而爲符合角色個性與易讀性的考量，採用較爲親切口語的「叔公」、「太公」、「姪孫」，省略了表達母系親戚的「外」字。特此說明。

而若先將糕餅與和菓子文化暫放一邊，《揚子堂糕餅舖》想表達的核心精神無非是「人生的追尋」。如同主角徐安群，我也曾對人生道路百般迷惘，求學讀的是企管行銷，畢業投入的是編輯企劃，最後卻決定成爲小說創作者。這之間的曲折也形塑了這部小說的靈魂，希望能藉此安慰對未來有所遲疑困惑的人。

回望《揚子堂糕餅舖》一路走來，從靈感累積、申請補助、下筆創作，又到出版媒合、編輯校對、印刷出版，歷經與等待許久年月，亦集結了眾人的努力與用心，才有此刻的美好樣子。

要感謝的人好多，那自然是一路相伴的家人與朋友，包含了情感支持與寫作建議；感謝曾經遇見的所有烘焙職人們，因爲看見你們對烘焙的堅持才有了創作靈感；感謝育如總編、責編亘亘與蓋亞同仁，這條路有你們才能遠遠走下去；感謝文化部青年創作補助計畫的青睞與支持，讓我得以開始創作人生第一部長篇小說。（自然也不會是最後一部！）

最後，也深深感謝讀到這裡的你們，所有文字都希望被看見，寫作也因爲你們而更加圓滿。期望《揚子堂糕餅舖》不只開啓了對於糕餅與和菓子的認識與好奇，亦能對未來產生溫柔寬容的心情，繼續追尋自己的人生答案。

我相信未來呀，必定是一個光亮燦爛的所在。

光風

2022.02.04

國家圖書館出版品預行編目資料

揚子堂糕餅舖／光風 著.
——初版.——台北市：蓋亞文化，2022.07
面；公分.

ISBN 978-986-319-651-8（平裝）

863.57　　111004098

島語文學 002

揚子堂糕餅舖

作　　者　光風
封面插畫　KIDISLAND兒童島
裝幀設計　莊謹銘
責任編輯　盧韻亘
總 編 輯　沈育如
發 行 人　陳常智
出 版 社　蓋亞文化有限公司
地址：台北市103承德路二段75巷35號1樓
電話：02-2558-5438　傳真：02-2558-5439
電子信箱：gaea@gaeabooks.com.tw
投稿信箱：editor@gaeabooks.com.tw
郵撥帳號 19769541　戶名：蓋亞文化有限公司
法律顧問　宇達經貿法律事務所
總 經 銷　聯合發行股份有限公司
地址：新北市新店區寶橋路二三五巷六弄六號二樓
電話：02-2917-8022　傳真：02-2915-6275
港澳地區　一代匯集
地址：九龍旺角塘尾道64號龍駒企業大廈10樓B&D室
電話：+852-2783-8102　傳真：+852-2396-0050
初版一刷　2022年07月
定　　價　新台幣 300 元
Published and printed in Taiwan

ISBN 978-986-319-651-8

本書獲文化部獎勵創作

GAEA

GAEA